ST警視廳科學特搜班

桃太郎傳說殺人檔案

目次

ST警視廳科學特搜班——桃太郎傳説殺人檔案

1

「到岡山出差？」

百合根友久驚訝地望著三枝俊郎管理官的臉。

「ST所有人……？」

「對。」

三枝管理官點頭。他瘦長的臉在年輕時想必是帥哥一枚。如今則多了歲月帶來的味道，更添沉著穩重的魅力。

警視廳科學搜查研究所科學特搜班，通稱ST，而三枝管理官出現在ST的辦公室，劈頭便宣布要派眾人到岡山出差。

三枝管理官身邊還有刑事部搜查一課的菊川吾郎警部補。

ST的成員反應不一。

黑崎勇治坐在百合根右手那排辦公桌最遠的座位，仍是雙臂環胸的姿勢，注視著正前方，也就是牆壁。

不知道他在想什麼。不過，他平常就是這樣……。

黑崎是第一化學專員，專門鑑定化學、毒氣意外。他的嗅覺靈敏非凡，有人肉嗅覺感測器之稱。

長髮在腦後綁成一束，深具日本武士風格。事實上，黑崎盡得好幾門古武道的真傳，而且沉默得驚人。

他旁邊坐的是ST唯一的一朵紅花，結城翠。她今天的穿著也十分暴露。分明秋意深濃，卻穿著短得驚人的裙子，搭配薄毛衣。毛衣領口大開，露出她豐滿的雙峰與事業線。

翠有嚴重的幽閉恐懼症，過度暴露的服裝便是受其影響。據說服裝也會讓她有封閉感。

她戴著耳機。在這辦公室裡她總是戴著耳機。據說耳機具有抗噪功能。翠的聽覺異常發達，即使是相隔好一段距離的輕微說話聲她都能聽見。就連一般人類聽不見的高頻與低頻音她都聽得見。

戴著抗噪功能耳機，是為了她自己，同時也是為了別人著想。如果不這麼做，電話中的談話便會一五一十地傳進她耳裡。

看似沒有在聽百合根他們的談話，但翠應該全都聽見了。

而百合根右手那列的第一位，便是第二化學專員山吹才藏，他是藥學專家。只有他把身體正面轉向百合根等人，專心聽他們說話。

山吹的頭髮理得很短，貌似修行僧，但事實上他具有曹洞宗的僧籍，家中是佛寺。

對百合根而言，他可以說是ST成員中唯一的救贖。

百合根從來沒看過他生氣。面對百合根時，他總是一派從容淡定。在ST的成員中，也只有他願意閒聊。

百合根左手那一排辦公桌，最遠處是負責文書鑑定的青山翔。他是心理學專家，擅長人物側寫。

青山擁有令人驚為天人的美貌，異性就不用說了，連同性的男子都會不由自主地看得入神。然而，他的桌面卻與他的長相相距十萬八千里，亂得可以。

沒有文件或書籍以同一個角度擺放。所有的東西都雜亂地堆在一起，甚至垮下來越界到隔壁辦公桌。因此，他旁邊的座位沒有人坐。

青山有秩序恐懼症。據他本人說，這是潔癖到極點的反彈。

他對百合根等人的談話完全不感興趣。實際上，百合根相信他根本沒有在聽。青山這個人非常隨興而善變。

左手那列的第一位，則是負責法醫學的赤城左門。他擁有正式的醫師執照，是貨真價實的醫師。由於曾罹患對人恐懼症，他選擇了法醫學，寧願面對大體而非活人。

他總是一頭亂髮，滿臉鬍碴，然而卻一點也沒有不潔感，反而有著濃濃的男子氣概。

赤城是ST的領袖。依百合根看來，沒有比他更適合當領袖的人了。他具有吸引人的魅力，統率的能力，以及決斷力。

然而，不可思議的是，他深信自己是獨行俠。

與三枝管理官一同來到ST室的菊川，則是標準的中年刑警。由他居中聯繫ST與刑事部搜查課，但他就任之初，似乎看ST極不順眼。

絕大多數的刑警都是如此。ST的成員並非警察，而是警視廳的科學技術人員。

明明不是警察但名稱中卻有「特搜」這個字眼，讓身為刑警的人很不舒服。

然而，菊川如今似乎相當肯定ST。每當ST與偵查員發生對立，菊川都會站在ST這一方。

這樣的轉變對百合根而言實在是謝天謝地。

「為什麼要去岡山？」

「最近發生的一連串命案，你也知道吧？」

「是……」

三名男女陸續遭到殺害。

東京一人，神奈川一人，大阪一人……。

東京命案的被害者是一名五十二歲的男性。他是舊財閥礦山公司的董事，在自家附近遭到綁架，被發現時已死亡。

神奈川命案的被害者是一名六十五歲的女性。她是會員制高級美體沙龍的老闆，但經營發生困難。由於債權人全都找上門，她躲了一陣子，被發現時同樣也已死亡。

大阪命案的被害者則是一名五十九歲的男性。他是產業廢棄物業者，由於非法棄置廢棄物的問題，遭媒體撻伐後人間蒸發，但與其他兩起命案一樣，被發現時已死亡。

最初，警方認為這些命案之間並沒有關聯。然而，卻從中發現了某一個顯著的共通點。

屍體上，都以利刃刻了文字與記號。

文字是「桃太郎」，記號則是以一筆劃成的五芒星。

警方在記者會上公開了這項事實，而被大肆報導。也因此，塑造出了獵奇命案的印象。

「命案發生的所在地都不同，被害者卻都和岡山縣有淵源。現在岡山縣警已成立特命班，以協助三起命案的各個專案小組。我希望ST能加入這個特命班。」

「對嘛，」原以為完全沒在聽的青山突然說：「說到桃太郎，就是岡山嘛。」

菊川皺起眉頭，轉過頭。

「才不是這樣，是他們都對岡山很熟悉。」

「可是，說到桃太郎就是岡山啊。」

三枝管理官維持一貫冷靜的語氣說明：

「第一起命案發生時，在記者會上發表了屍體刻有文字和記號。當初，也猶豫過要不要公開，但刑事部長判斷應該公開。所以，接下來的兩起命案有可能是模仿犯。」

百合根不禁說：「模仿犯嗎……」

「被害者的背景都不單純。換句話說，都是有些社會問題的人物。」

「不單純……」

百合根鸚鵡學舌般重複。

「詳情去問岡山縣警的特命班。」

「可是，我們是警視廳的職員啊？卻到岡山縣警出差？」

「櫻庭所長籌了出差費，而且這是有前例可循的。SAT（特殊急襲部隊）現在雖遍布全國，但當初只有東京和大阪的時代，也是到各地去出差。」

「哦……」赤城說：「意思是我們得到SAT的同級待遇嗎。真是熬出頭了。」

赤城一副你是管理官我也不怕的態度。

百合根冷汗直冒。

三枝管理官微微一笑，對赤城說：「這就代表你們成績斐然，我也很驕傲。」

赤城只是微微聳肩，沒有回答。

三枝管理官又轉向百合根，繼續說：「菊川會以偵查員的身分同行。預祝你們有出色的表現。就這樣……」

管理官一個轉身，離開了辦公室。

「我想今天就到岡山。」菊川說：「我可以直接出發，有必要回家一趟準備的人，就在東京車站會合。」

「我去了也幫不上忙啊。」赤城說：「驗屍已經完成了吧？」

菊川又皺起眉頭。

「又說這種話。這位先生，你可是ST的領袖啊？」

「我可不記得我什麼時候當上領袖。我永遠都是獨行俠。」

「我不是每次都說，五人到齊才叫ST嗎。」

「沒這回事。我們各自的工作都分得很清楚。」

菊川朝百合根看去。

百合根一陣心驚。那是無聲地要求負責人出來想辦法的意思。

百合根趕緊說：「管理官下令要所有人都出差。這是工作……」

赤城朝百合根看了一眼。

「既然頭兒這麼說我就去……。但應該沒有我這個法醫學者出場的機會。」

菊川說：「當然有，像分析解剖報告之類的啊。」

「我好像也沒事做呢。」翠說：「不過，叫我去我也會去啦……」

菊川的表情顯得有些不知所措。

「一定會幫上忙的。」

「我不去的話，你會寂寞？」

「少胡說了。」

菊川有點臉紅。

「都說是工作了。」

「赤城先生和翠小姐為什麼會這麼說，我能理解。」山吹說：「只要沒有新遺體出現，多半就沒有赤城先生的事，而負責物理的翠小姐也無用武之地。」

菊川對山吹說：「不去怎麼知道。」

「說起來，為什麼要我們去出差呢？」

山吹的疑問很有道理。百合根也很想知道為什麼。

菊川說：「好像是岡山那邊要求的。可見ST已經享譽全國了。」

百合根有點吃驚。

「是岡山縣警要求的？」

「就像三枝管理官說的，第二起、第三起有可能是模仿犯所為。命案發生地點都不同，日期時間也沒有規則，就連是不是連續命案目前也還不確定。我想，岡山那邊的人應該很期待凶手的人物側寫。」

「那麼，就要看青山先生了。」

青山以毫不關心的語氣說：「人物側寫需要正確且豐富的資料，也要花時間……」

菊川說：「岡山縣警的特命班會收集所有你所謂的正確且豐富的資料。總之，別再囉哩囉嗦，快回家去收拾準備出差。」

百合根說：「就這麼辦吧。」

黑崎默默站起來。以此為準，其他成員也終於開始準備離開。

一行人搭乘十四點十三分東京出發的新幹線 NOZOMI 前往岡山。刑警總務課為他們訂了對號座。菊川把車票一一交給每一個人。

由於是突然出差，座位分散開來。

例如，三人座的那一側有兩個座位，兩人座的那一側則是一個。

「拜託，讓我坐靠走道。」翠說。

她有幽閉恐懼症，坐在靠窗的座位會有被關住的感覺。一行人中有幾個靠走道的座位，因此不成問題。

翠在兩人座那一側的走道座位坐下。鄰座是一個四十歲左右、看似上班族的男子。

他一身西裝，提著一個小型公事包，完全是出差裝扮。

那個看似上班族的男子一看到翠的服裝，先是驚訝，接著便嫌惡地皺起眉頭。

然而，顯然他並不是真的討厭。百合根心想，那只是在掩飾忍不住喜上眉梢的表情罷了。

其他成員都算安分。

百合根很擔心青山會不會開始弄亂他的座位。青山在太乾淨整齊的地方會坐立難安。

然而，他白擔心了。

青山乖乖地坐在他的座位上。看來，他對公共場合和私人領域自有分寸。百合根覺得好像看到了青山令人意外的一面。

但這個想法維持不了多久。青山只安分了短短一段時間，便離席開始在車廂內散步。

要他三小時二十四分鐘都乖乖坐著是不可能的事。

只要不造成別人的困擾就好——百合根這麼想，決定不管他。

百合根旁邊坐的是菊川，他們幸運劃到了兩個相連的座位。

菊川正在看體育娛樂報。他帶著一個小旅行包，這個旅行包是隨時備用的，裡面有盥洗用具和替換衣物。

百合根心想，不愧是刑警。

只要專案小組一成立，刑警就暫時無法回家。

有時候也要輪夜班，即使沒有什麼特別的案件，刑警也經常有家歸不得。

想到這裡，百合根這才發現，他對菊川的私生活一無所知。

「菊川先生，你結婚了吧？」

菊川斜眼瞪了百合根一眼。

「那又怎麼樣？警部大人。」

剛認識的時候，菊川是揶揄比自己年輕卻高階的百合根為「警部大人」，但不知不覺這成了百合根的綽號。

「沒有，只是想到好像沒聽你說過……」

「這和工作無關吧。」

「是沒錯……」

「我也一樣不知道警部大人生長在什麼樣的家庭、過著什麼樣的生活。但是，這樣也從來沒有過什麼妨礙，不是嗎？」

「喔，說的也是。」

百合根同意。
既然是工作上的往來，對私人的事就沒有必要深入追究。百合根認為菊川說的沒錯。
正以為這個話題到此結束，菊川卻突然冒出一句：
「我有老婆，但沒有孩子。」
「咦……？」
「我想你也看得出來，我不是那種重視家庭的人。我很喜歡這份工作。但是，這並不表示我認為結婚很失策。現在，我老婆也看開了，覺得老公只要人沒事，不在家最好。」
「啊，那個……是嗎……」
「看吧，問了我的私生活，也很無聊吧。」
一點也不。但百合根覺得冒犯了菊川的隱私，感到過意不去。
他決定改變話題。
「三枝管理官說三個被害者的背景都不單純，意思是他們個個身上都背負著遭社會批判的問題對吧？」

「沒錯。命案的概要你知道了？」

「只有報紙報導過的那些。」

「大阪命案的被害者奧野久則，是產業廢棄物業者。在空地非法傾倒了大量礦渣，受到當地居民抗議，演變為社會問題。東京命案的被害者是正田祿太郎。他服務的舊財閥體系礦山公司因為礦工的塵肺問題被告上法院。而正田是公司的董事，也是塵肺問題的負責人。神奈川命案的被害者前原真知子，是美體機構維納斯沙龍的老闆，但經營不善卻又不退還高額的入會費和會費，倒了店就躲起來。」

百合根點點頭。這些他都知道。

「可是，怎麼會和岡山有關？」

「奧野久則的公司非法傾倒礦渣的空地，就是岡山縣內的原野。正田祿太郎的公司出了塵肺問題的地點，同樣也是岡山縣內的老礦山。前原真知子的維納斯沙龍本店雖然在東京，但全國都有分店，開到岡山店時就經營不善。

岡山的顧客當中，有人繳了入會費和會費卻從來沒有被服務過。以這方面而言，岡山縣連鎖店的會員損失最慘重。」

「原來如此。所以才由岡山縣警統籌資料情報啊。」

「平常的話，由警察廳主持，以聯合偵辦的方式進行也不足為奇……」

「三枝管理官也說了，這是否真的是連續殺人案目前意見分歧，所以才交由縣警偵辦的不是嗎？」

「我總覺得其中有蹊蹺……」

菊川折起手中的體育娛樂報。

「哪方面？」

「岡山縣警找ST去這一點，到底是什麼人提出來的……」

百合根不明白這有什麼好擔心的。

正考慮著該說什麼，卻看到菊川雙臂環胸閉上眼睛。百合根便決定不去打擾他。

2

岡山縣政府一樓的玄關前挑高，是一幢雄偉的建築。縣警本部便緊鄰縣政府。

乍看那瞬間還以為位於海邊，原來是沿著一條名為旭川的河而建。旭川中的沙洲上有日本三大庭園之一的後樂園。馬路對面是縣立圖書館，圖書館之後便是岡山城。

一行人搭乘路面電車，從JR岡山站來到「縣廳通」這一站。從這裡走過去很快就到了。

在縣警本部的櫃台告知來意，對方當場要他們去找刑事部長。

百合根很驚訝。他原以為，既然是特命班層級，主事的多半是係長級，頂多也是課長。

現在縣警本部的刑事部長竟然要親自接見。想來，他應該是高考出身的警視正或警視長。

即使同為高考出身，百合根是警部，在警察組織中是係長。警視正、警視長級的部長，感覺就像雲端上的人物，高不可攀。他突然莫名緊張了起來。

菊川也顯得很嚴肅。

但ST眾人則是一副接下來要見誰都無所謂的態度。

來到刑事部，一名男子走上前來。

他一身深藍色的西裝，搭配同色系但顏色較亮的領帶。頭髮全部往後梳，身材削瘦。

百合根心想，他一定也是高考出身的，感覺得出來。菊川一定也感覺到了，只見他略略挺直了背脊。

「各位是ST的人吧？」

語氣很客氣，但百合根卻覺得有些上對下的感覺，因而確信這個人絕對是高考出身。

百合根回答：「是的。櫃台請我們來拜訪刑事部長。」

「我來帶路。我是搜查一課次長，關本。」

地方的搜查一課次長，在警視廳裡的職位相當於理事官。

百合根與他交換了名片，介紹了菊川。從名片上得知他的全名叫關本雄藏，階級是警視。

關本次長只瞥了菊川一眼，連一句話也沒對菊川說。

一行人跟著關本來到部長室，只見看似刑事部長的人物正在和另一個人討論事情。

百合根心想會不會來得不是時候，但關本不管，出聲說：「部長，警視廳ST的各位到了。」

位在後面座位的男子轉過頭來。

「喔喔，是嗎，立刻接見。」

在場的另一名男子也沒有要退出的樣子。

關本說：「這位是田代刑事部長。而這邊這位則是久米搜查一課課長……」

百合根也與兩人交換了名片。

刑事部長的全名是田代浩二郎。他的體格極有分量，十足是警察高官的儀表。階級果然是警視正。

搜查一課課長叫久米光春。個子小，屬於不太起眼的類型。階級與關本同樣是警視。

「不好意思，勞駕各位遠道而來。」

田代刑事部長雖這麼說，但態度一點也不會不好意思。倒是頗有將軍大人對家臣說「辛苦了」的架勢。

「我們正好在談那件事。」久米課長說。

百合根覺得他連說起話來都不具存在感。不太敢相信他竟是搜查一課的課長。

接著，田代刑事部長說：

「一直聽說ST破解了各式各樣的難案。其實，提議請ST來的，便是站在各位身邊的關本搜查一課次長。他聽說了ST的種種事跡，相當好奇……」

關本點點頭。

「一直很希望能有機會和各位合作。」

百合根緊張地說：「請問……，目前狀況如何，能不能讓我們了解一下詳細情形……」

「也對。」田代部長說：「課長，說明一下。」

「是……」

久米課長說明了事件概況。全是百合根他們已經知道的事實。

在說明的最後，久米課長說：「詳細的經過，等幾位到了特命班再說明比較好。」

「特命班在縣警本部內嗎？」

「不，在轄區警署，岡山西署。我們這就帶路。」

為什麼最初聯絡時沒有要他們直接過去那邊呢？百合根覺得奇怪。

恐怕是要他們先拜會刑事部長以示尊敬吧。

所謂的「官」，就是這麼一回事。百合根將來也許也會被那個世界吞沒，他有種無法釋懷的感覺。

「不必特地帶路，」百合根說：「我們可以搭計程車前往……」

「不要多花錢。」田代部長說：「我想你們的出差費有限，就由縣警本部出車。」

「是……」

百合根心想也沒有理由拒絕。

久米課長向田代刑事部長深深行了一禮，然後說：「那麼，我們出發吧。」

縣警本部為他們準備的，是一輛黑白雙色的小型巴士。這樣便能一次乘載所有成員。

同行的不是久米課長，而是關本次長。

坐在百合根旁邊的菊川悄聲對百合根說：

「最好小心一點……」

「小心什麼？」

「那傢伙。」

菊川朝坐在副駕駛座的關本次長揚揚下巴。

「他說想和ST合作，天曉得他心裡在盤算什麼……」

「你會不會想太多了？」

「但願如此……」

關本次長突然回頭，讓百合根嚇了一跳。

「到了。這裡就是岡山西署。」

那建築實在令人無法聯想到警署。外觀有好幾根柱子，還有精心設計的廣大空間，猶如美術館。

「哦，好厲害的建築啊。」百合根對關本說。

「當初落成的時候，被市民狠批不實用……」

「原來如此……」

山吹說：「因為是用稅金蓋的嘛。」
「可是啊，」青山說：「好看不是很好嗎？」
「無謂的閒置空間太多了。」赤城說：「建築物這種東西，不需要美觀。實用就好。」
「別七嘴八舌了，走吧。」菊川說。
這時候，關本次長才頭一次跟菊川說話。
「你是警視廳的偵查員……？」
菊川回答：
「正如百合根係長先前介紹的，屬下隸屬於搜查一課。」
「我不記得有請偵查員來。我只請了ST。」
菊川氣得眼睛發直。
百合根見狀，趕緊說：「辦案時菊川先生都是和ST一起行動的。」
「哦……」關本次長對百合根說：「這麼說，他就是ST的傳聲筒了。」
「我們經常受到菊川先生的幫助。」

「既然ST的班長這麼說，應該沒什麼問題吧。」關本次長面向菊川說：「請多指教。」

儘管說得冷漠，但百合根認為總比之前的無視好多了。

「哪裡，我才要請您多指教。」菊川說。他控制著情緒，以成熟的態度應對。

被帶進特命班所在之處後，百合根嚇了一跳。

他本來預期規模大約是搜查係一個班的程度，也就是一個小房間擠滿十來個人。

然而，實際上則是在一個大如講堂的辦公室裡，有好幾處由辦公桌拼成的中島，上面筆電羅列。

電話和無線電就不用說了，甚至搬來了大型擴音機，好讓所有偵查員都能聽到無線電通話。

辦公室裡大約有三十個人，與規模不小的專案小組不相上下。

「我沒想到是這麼大的陣仗。」

百合根坦率地說。

關本次長答道：

「這是有原因的。稍後也會一併說明。」

「特命班的負責人是……？」

「當然是田代部長，但實質上的指揮由我負責。」

關本是特命班的搜查主任。

「我們這就進入具體作業吧。」

聽百合根這麼說，關本便領他們到一個辦公桌中島。看來，那裡是給管理官等幹部使用的。

ST眾人大剌剌地坐在空位上，但菊川一副不自在的樣子。

關本次長發了檔案夾，卻少了一份。

沒有菊川的。

「抱歉啊。」關本次長對菊川說：「我聽說ST加上係長一共六個人……」

語氣聽起來實在不怎麼抱歉。

「我的給你，」青山說：「反正我又不會看……」

關本次長一臉驚訝地看青山。應該是為他的話而驚訝，但一看到青山的臉，又驚訝於他的美貌。

百合根說：「不行。人物側寫是青山先生的工作，請仔細看。」

「和我一起看吧。」翠說。

她碰巧坐在菊川旁邊。菊川微微皺眉，但百合根猜想那是掩飾他的難為情。

看到翠挨著菊川而坐，關本次長很快轉移了視線。

也許是故作不在意。只要是男人，應該都無法忽視翠的嫵媚和大膽的服裝才對。

「現在便依照各位手邊的資料來說明。」

關本這麼說，百合根於是打開檔案夾。

屍體的照片驟然映入眼簾。

雖然看慣了，但事出突然，百合根又是一驚。

頭一起命案，於四週前的星期二發生於東京。被害者是正田祿太郎，五十二歲，為舊財閥體系下的礦山公司董事。

命案推測發生於晚間九點左右。他在自家附近遭到綁架，其後發現了他的屍體。發現地點，為距其自宅一公里左右的公寓工地。

第二起命案，於次週星期天發生於神奈川縣。也就是東京命案的五天後（註：日本以星期天爲一週的第一天）。

被害者是前原真知子，六十五歲，為會員制高級美體連鎖沙龍的所有人。由於經營不善，沒有退還入會費、會費便直接歇業，造成社會問題。

一般都以為前原真知子是為了躲避要求退還入會費、會費的受害者團體而神隱，但她的屍體在星期天被發現。

第三起，發生在第二起命案次週的星期五，地點是大阪。被害者是奧野久則，五十九歲，為產業廢棄物處理業者。他失蹤了三天，但星期五發現了他的屍體。

第三起命案，算起來發生在第二起命案的十二天後。

「而且……」

關本翻頁之後繼續說明：

「上週五，岡山縣一家食品加工公司的董事失蹤，報警協尋。失蹤者名叫戶川雄生，五十七歲。岡山縣警已展開調查，不排除綁架的可能性，同時，也將一連串命案之間的關聯列入考慮。」

百合根心想，果然連遣詞用字都帶著官腔。

「可以提出問題嗎？」菊川說。

關本冷冷地了看菊川一眼。

「請說。」

「最後一起失蹤案，將過去三起命案之間的關聯列入考慮的理由是？」

「東京、神奈川、大阪，這三起命案的被害者都是在綁架或失蹤後遭到殺害。而且，所有命案的共通點是被害者都身陷某種社會問題。」

百合根聽了這幾句話，為了確認而發問：「我記得，東京一案的被害者正田祿太郎，是礦工的塵肺問題對吧。」

「對。過去的礦工因為塵肺職業傷害，組織了原告團發起訴訟。正田祿太郎則是該問題的負責人。」

「神奈川一案的被害者前原真知子，是高級美體連鎖沙龍的老闆，由於退還入會費和會費的問題與過去的會員發生糾紛……」

「對。這方面也正準備提告。」

「大阪的被害者奧野久則是產業廢棄物業者。他是因為長期將大量礦渣等廢棄物棄置於岡山縣境內的原野，而造成社會問題？」

「對，鋼鐵礦渣。這是煉鐵過程中會大量形成的副產物，也有人拿來作為水泥原料或道路路基的材料，因此也算是再生材料的一種。但像這次這樣堆置於戶外，也不是單一的案例。」

「鋼鐵礦渣是什麼？」青山問。

「首先，鋼鐵礦渣有兩種，」山吹解釋：「高爐礦渣和製鋼礦渣。高爐礦渣是在鐵礦熔解製成鐵的時候產生。鐵礦在高爐中熔解後，鐵以外的成分與副原料石灰石和燃料焦炭所形成的物體，便是高爐礦渣。製鋼礦渣，則產生於高爐煉出的鐵再加工的過程。這個加工階段叫作製鋼。製鋼會用到轉爐或電爐，所以製鋼礦渣也叫作轉爐礦渣或電爐礦渣。」

「哦……」青山佩服地說：「你懂好多這些冷知識喔。」

「礦渣棄置是相當大的環保問題，我身為化學專員，只是了解了一下基本知識。」

菊川再度問關本：「那麼，岡山的失蹤人士，身上也有什麼社會問題了？」

「戶川雄生是食品加工公司的董事，而他們公司在魚肉加工品，也就是魚漿製品的生產過程中，使用了非法的工業用漂白劑，事情被爆出來。戶川雄生就是這件事的負責人。」

「我明白了。」

菊川的語氣有平時沒有的恭謹，但應該不是因為對方是高考出身的警視。他和同樣是高考出身的警部百合根不會這樣說話。

菊川顯然討厭關本。正因如此，才會以恭謹的語氣對待。也許是所謂的外表殷勤，內心無禮。

「這個特命班規模與專案小組或綁架案的指揮總部相當，原因就在這裡。」

關本向百合根說明。

「原來如此……」

百合根點點頭。

他很在意ST成員的狀況。

青山已經合上檔案夾，開始坐不住了。一副不滿桌上只有檔案夾的樣子。恐怕不到一個鐘頭，他就會把自己的桌面弄亂。

赤城則是盯著屍體照片和驗屍報告影本看。難得不發牢騷地工作。

黑崎雙臂環胸，低頭看著檔案夾。

翠雖然假裝看著檔案，但看來似乎正用心聽這大辦公室裡各處發生的低語。

只有山吹，不斷翻動頁面，看來正認真掌握檔案的內容。

菊川已經不看檔案了。也許是因為和翠緊挨在一起看檔案讓他覺得難為情。

「誠如照片所示，屍體上刻著文字和記號，為這一連串的命案塑造了獵奇的印象。」

照片的確拍得很清楚。

就像報紙等媒體報導的，有「モモタロウ」文字（註：凶手在死者身上刻的是桃太郎的片假名），以及一筆而就的五芒星。

百合根問青山：

「你覺得這意味著什麼？」

「我不知道。」

「三具屍體上的文字，是同一個人刻的嗎？」

「這我也不知道。」

「你是文書鑑定的專家呀？麻煩你多想一想。」

「我是想過了才說的。樣本太少了，才四個文字（註：指組成桃太郎的四個片假名——モ、タ、ロ、ウ），不能斷定什麼。而且，這和寫在紙上的字不同，是用利刃刻在柔軟的皮膚上的傷口吧？條件太差，沒辦法鑑定。」

原來是這麼一回事，百合根稍事反省。

青山對於思索事物的認真程度，總是遠超過外表。而百合根總是差點忘記這一點。

「從照片也可以看出來，這些文字和記號都是刻在背上。」關本說：「這會不會具有什麼意義……」

「那裡最容易刻吧。」

赤城說得輕鬆寫意。

關本皺起眉頭。

「最容易刻……？」

「對。空間最大，脂肪又少。肚子太軟，要刻字很難。特別是女性的話脂肪較多，要是隨便下刀，有時候會有脂肪溢出來。」

「這番說法，好像你有經驗似的。」
「當然有，畢竟我是醫生。」
「我聽說ST中有法醫學者，原來就是你嗎？」
「沒錯。」
「這是否代表，凶手也具有這類知識和經驗？」
「我想這是直覺。人們刺青不大多是刺在背上嗎。也許凶手行凶時聯想到了這一點。」
關本細想了這些話，但什麼都沒說。
百合根問赤城：
「關於死因，有沒有什麼發現？」
「都是勒斃。手法雖然一樣，但無法斷言凶手是否為同一人。被害者的體格各不相同。正田祿太郎身高一百六十九公分，體重八十五公斤，體形偏胖。前原真知子身高一百五十公分，體重六十公斤，也是微胖，但和正田祿太郎相比，應該比較容易殺害。奧野久則有一百八十公分，個子很高，體重雖有八十公斤，但肌肉偏多，他抵抗起來應該不是那麼容易對付。」

儘管嘴上會說沒他的事，但事關工作還是會盡力。百合根心想，不愧是赤城。

關本次長對赤城說：「你的意思，可以解釋為可能有模仿犯，對吧？」

「沒有人這麼說。我只是說，直接下手的不見得是同一個人。」

「直接下手的……？」

關本次長面露訝異之色。

青山說：「東京的命案，是綁架之後殺害吧？被綁架的又不是小孩子。你覺得一個人辦得到嗎？」

關本點點頭。

「特命班也在討論模仿犯的可能性。」

「桃太郎是岡山的民間故事吧？」青山問。

關本次長回答：「香川縣和愛知縣犬山市也有桃太郎傳說，不過一般認為都是以岡山縣吉備津彥、溫羅的傳說為本。」

「那是什麼……？」

青山開始表示感興趣。

「是總社市流傳的傳說。我也是到此赴任之後才聽說的，並不是很清楚。」

「我想向熟悉這些的人請教一下……」

關本一臉驚訝。

「好的，當然可以……」

百合根擔心起來，說：「青山先生，那跟辦案有關嗎？」

「當然有啊。因為，死者身上都被刻了『桃太郎』文字。而且，所有命案都和岡山縣有關。這一定不是巧合。」

「就算這樣，桃太郎這個民間故事也不會是線索啊。」

「搞不好是。」

百合根無法判斷青山是否是認真的，不禁注視他的臉。但是，完全看不出他是什麼表情。……應該這麼說，那太過俊美的容貌會讓人忘了觀察他的表情。

關本代替百合根問青山：

「你真的認為桃太郎傳說，會是辦案的線索？」

「已經不是會不會的問題了……」青山坦然說：「根本就只有這條線索啊。」

「各起命案都有專案小組，正各自在進行調查。怎麼會只有這條線索呢？」

「問題在於這些命案是否是連續殺人案啊？而我們必須查出這一點吧？而更重要的問題是，不要出現第四名死者，不是嗎？換句話說，這件事只有這個特命班才做得到，而我想最大的線索就是凶手留下來的訊息了……」

「訊息……？」關本問道：「你是說，這是意有所指的訊息……？」

「這是唯一的可能。不然，你覺得凶手會沒事在屍體上塗鴉嗎？」

「那麼，這是什麼訊息？」

「現在還不知道，所以才要針對桃太郎傳說進行調查啊。」

百合根更加擔心，說：「我們應該沒有閒工夫調查桃太郎傳說。尤其是失蹤案有綁架的可能性，那是當務之急。」

「這個案子縣警正在偵辦啊？」

「話是沒錯……」

「如果是要辦綁架案，應該找SIT，不是找我們。」

SIT指的是搜查一課特殊犯係，他們是綁架、談判等特殊犯罪的專家。的確，仔細想想青山說的沒錯。

百合根不明白岡山縣警找ST真正的用意何在。

不，應該說，不明白提議找ST來的關本真正的用意何在……。

關本本人說了：「沒錯，失蹤案方面，縣警本部及轄區警署正傾全力調查。一旦確定是綁架，指揮總部就會立刻移到這裡。」

「看吧。」青山說：「我們首先應該做的，不就是解開這個訊息的意義嗎？」

聽青山這麼說，真的就會這麼覺得。雖然很容易被忘記，但青山是心理學的專家。

「原來如此……」關本說：「這很有可能是一大線索。因為犯案動機可能就在其中……。我這就來安排熟悉桃太郎傳說的鄉土史學家。」

百合根很好奇菊川怎麼想。

菊川是苦幹實幹的刑警，超級現實主義者。想必他認為累積小小的事實才是辦案的基礎。

也許他會認為，針對桃太郎傳說進行調查這種事，不是警方該做的事。

然而，菊川的表情卻不帶任何情緒。簡直像抹消了自己的存在。

是因為對關本反感嗎？還是對青山以興趣為本位的態度不滿呢？

無論如何，這都表示他的心情比他明顯露出厭煩表情時惡劣得多。

「喔，桃太郎傳說啊……」山吹說道：「的確，一連串的案件都與岡山縣有關，我想留在屍體上的訊息值得調查。」

除了青山之外，ST的成員裡就只有山吹表示關心。其他三人都一臉事不關己的樣子。

百合根覺得胃好像要開始痛了。

3

岡山縣警的特命班肯定確實發揮了機能。百合根等人在場期間，便陸續收到情報，由眾管理官進行匯整。

在特命班這裡，的確沒有百合根等人的事。

在關本的命令下，岡山縣桃太郎傳說的相關資料立刻送到，青山埋頭看了起來。

對於有興趣的事物，青山的專注力在旁人眼中看起來相當驚人。只見他以飛快的速度看過一份又一份的文件和網路列印出來的資料。

看完的，就直接扔在桌上。這些資料雜亂無章地散落、堆疊。青山的桌面漸漸形成他平常座位的樣貌。

其他的ST成員完全不去看資料。

菊川也一樣。

他們大概是認為，只要有必要，聽青山口頭說明就夠了。或許這意味著對青山的信賴，也或許純粹只是嫌麻煩。

至於菊川的情況則有點微妙，也許是他對這次協助辦案本身已漸漸失去興趣。

一開始遭到關本忽視，顯然令他感到格外沒趣。

不久，關本來了，對百合根說：「部長說想跟各位一起用晚餐，已經訂好餐廳了。」

百合根吃了一驚。

「刑事部長親自出面嗎……？」

「是的，畢竟是請各位特地遠道而來……」

反正，晚飯是一定要吃的，沒有理由拒絕。但是，百合根總覺得不太對勁。

專案小組和指揮總部的偵查員都是留宿工作。吃的不是外賣便當，就是大鍋飯捏的飯糰。

而協尋失蹤的戶川雄生的刑警，恐怕是以等同於專案小組和指揮總部的態勢投入工作。

這時候，田代刑事部長卻說要設宴款待百合根他們。

結果，一行人搭乘小巴前往。

「我也可以去嗎……？」

菊川難得說起喪氣話。不，也許是諷刺。

小巴載著一行人前往岡山市鬧區。一進入與電車通行的大馬路交會的寬巷，便停在一家氣氛沉靜的餐廳前。

門面看似一流的料亭，非常高級。店名叫「一扇」。

「請進。部長應該已經到了。」

關本熟門熟路地打開拉門，走進店內。隨即有一名身穿和服的女子出來招呼。

她一看到關本便盈盈一笑。

「恭候大駕。這邊請。」

一樓是吧檯座位，後面是廚房。客人可以邊用餐邊觀賞廚房的情況。百合根等人被帶到三樓一間氣氛幽靜的和室，壁龕裡掛著氣派的畫軸。田代部長和久米搜查一課課長都來了，兩人正以啤酒小酌。

不對勁的感覺又在百合根心中抬頭。

現在依舊沒有失蹤者的線索，過去三起命案的被害者無一不是在綁架或失蹤之後遭到殺害。

這次的失蹤者也很可能遇害。百合根覺得現在並不是在這種料亭享用美食的時候。

的確，特命班運作良好。ST就算現在待在特命班，也無事可做。但是，調查幹部全都跑到料亭來聚餐這種事，百合根還是無法接受。

有人為百合根倒了啤酒。儘管覺得無法釋懷，但百合根沒有膽子拒絕刑事部長勸的酒。

ST成員也喝起了啤酒。菊川看來也和百合根有同樣的想法，但似乎看開，也喝了。

開始上菜。

這家餐廳是所謂的「懷石割烹」。懷石料理本來指的是茶宴上簡樸的餐點，不知何時與宴席料理混為一談，用來指稱和式套餐。

「這裡的清水大廚其實是北海道人……」田代部長說：「他來到岡山，從小吃攤做起，現在有了這家店，手藝是一流的。」

東西的確可口。不僅可口，還很美觀。但，百合根實在無心品嘗。

「剛才為我們上菜的女侍，是個大美人吧？」

聽田代部長這麼說，百合根楞住了。他完全無心注意女侍。

田代部長露出滿意的笑容。

「她叫森本由美，我特別中意她。」

百合根對這種話題也不感興趣。他附和著點點頭，說道：

「這家店真棒。」

「可不是嗎。我想你們今天都累了，好好放鬆一下吧。」

「我們也很想，只是很擔心失蹤者。」

「現在正以專案小組規模進行調查，有什麼消息隨時會聯絡。」

「是……」

「聽說ST幾位要針對桃太郎傳說進行調查……」

原來如此，可見關本已經向上級報告了。

「是的。那是凶手留下的重要訊息……」

「那訊息有什麼意義啊？」

「這個目前……」

百合根朝青山看。青山大概是餓了，正埋頭吃飯，沒有注意到百合根的視線。

他不是那種會眼觀四面耳聽八方的人。不，也許他注意到了，卻故作不知。

百合根對田代部長說：「是由青山負責分析……」

田代部長對青山說：「說說現階段知道了什麼吧。」

「什麼都不知道啊。」青山大剌剌地說。

「刻在屍體上的『桃太郎』應該有很多可能才對，你想調查桃太郎傳說是有什麼根據？」

「沒什麼根據啊。」

青山的回答還是一樣冷淡。

百合根趕緊補充：

「那個……所有案件都和岡山有關，我們又聽說岡山有桃太郎傳說……。所以我們認為，從這方面加以調查，也許可以找出什麼線索。」

一直沉默靜聽的關本向田代部長說：「我們預定向熟悉桃太郎傳說的鄉土史學家請教。」

「那我倒是知道一個適合的人選。」

「是嗎？」

「你也認識的，就是湯原圭太，以前是縣警公關部的。因為他熟悉岡山的鄉土歷史，公關部長很器重他。」

關本的表情略略暗了下來。

「他已經離開縣警了……」

「離開了也是警察OB，應該願意幫忙吧？」

「這我就不敢說了。」

「去問問。曾任警察又熟悉鄉土史，沒有比這更合適的人才了。」

「好的。我會安排。」

百合根忽然注意到翠交互看著關本和久米課長的臉。雖然視線很快便回到料理上，但她顯然有所發現。

他不敢當場問翠。

回頭再問吧——百合根這麼想。

關本問青山：

「今天青山先生看過資料了，還需要什麼嗎？」

「我們會去找那位之前在公關部的人吧？那就不用了。」

「之前你曾經說過，不能確定刻在屍體上的『桃太郎』這幾個字是同一個人刻的？」

「不能確定。」

闕本看著赤城說：「犯案手法雖然都是勒斃，但從被害人的體格和體力來看，也不能確定是同一個人行凶？」

赤城一副百無聊賴的樣子，說：「沒錯。」

實際上也真的是百無聊賴吧。沒有屍體，法醫學者便無事可做。

闕本說：「這也點出了模仿犯的可能性……」

赤城回答：「那時候，青山就說過了，也許凶手不止一人。這麼一來，實際動手行凶的人不同也不足為奇。」

這時候，毫無存在感的久米課長說話了：「這位菊川君是警視廳搜查一課的吧？你怎麼想？」

菊川一臉無法理解為何會問到自己的表情，望著久米課長好一會兒。

「我可以發言嗎？」

田代部長露出苦笑。

「不用客氣。你也是從東京遠道而來，我們也想聽聽警視廳偵查員的意見。」

久米課長再次問道：「可以請你回答一下嗎？這個案子，是連續殺人案，還是模仿犯……我想聽聽你的意見。」

菊川略加思索之後回答：「目前都有可能。」

田代部長又苦笑。

「拜託，這種話外行人也會說。」

「先入為主是辦案的大忌。而且，如果實際參與調查，會有所察覺，但這次下官並沒有參與，因此什麼都不敢說。」

久米課長點點頭。

「說的也是。」

菊川還是給人一種保持距離的印象。

百合根問：「負責各案件的警察本部，都成立了專案小組吧？」

這個問題由關本回答。

「三起命案都已成立了專案小組。」

「目前各方的調查狀況如何？」

「關於這一點，本來是準備明天詳細說明的……。現階段，各專案小組都尚未找出嫌犯。各專案小組都針對連續殺人案和模仿犯雙方面進行調查，也密切保持聯繫。」

「原來如此……」百合根說：「雙線調查啊……」

這時候，青山邊夾菜邊說：「如果是連續殺人案的話，除了背上的文字和記號以外，應該還有別的提示才對……」

他說得像是自言自語，但所有人都同時停手注視著青山。青山似乎完全不以為意，把菜送進嘴裡。

百合根問：「你的意思是？」

青山一副終於發現大家在看他的樣子，環視眾人：「因為，如果不這樣，留下訊息就沒有意義了啊。」

「我不太懂……」

「如果是連續殺人案的話，凶手是要傳達什麼才留下訊息的。或者，也可以說是向警方和媒體挑戰。」

「向警方和媒體挑戰……？」

「對。要是在頭一個被害者出現的時候就發現了，我想就不會發生第二起命案了。」

「為什麼能這麼肯定？」

「因為，凶手想出名。從這一點來看，那是在挑戰警方。留下相同的文字和記號，和狗狗做記號是一樣的。換句話說，是在誇示他的存在。同時，這一連串的命案都和岡山縣內發生的某些社會問題有關。換句話說，凶手對於被害者的選擇具有明顯的意圖，等於是在出謎題。出謎題這種事，馬上被人解開就沒意思了，可是如果都沒有人解得開不就更沒意思嗎？所以從這一點來看，也是向警方挑戰。因此凶手是從雙重的意義來挑戰警方。」

「挑戰警方……」田代部長說：「如果真是如此，問題就嚴重了。警方不能輸給罪犯。」

「既然如此……」青山說：「就非找到失蹤的人不可了。把人活著救出來，才是唯一的勝利。」

「那當然。」田代部長加強了語氣：「為此，縣警正傾全力辦案。」

調查幹部在這種地方聚餐，能叫傾全力嗎？——百合根這麼想。但這種事當然是在心裡想，嘴上、臉上都不能顯露出來。

「可是，不知道那個提示是什麼。」關本說：「三起命案的共通點，就只有行凶手法，以及『桃太郎』的文字和星形記號而已。」

「現場物品當中也許有線索。」青山說：「只是漏看了而已。」

「這不太可能。」關本說：「各案專案小組應該都格外仔細調查了……」

「可是，那並不是各案專案小組的任務。」

「啊……？」

「為了釐清所有案件的關聯，岡山縣警才成立了特命班不是嗎？而我們就是因此被派來的。」

關本略加沉思後說：「各案專案小組應該都將現場物品清單傳送過來了，

我們就再查一遍吧。」

「我想值得一試。」

「那麼，該找些什麼？」

「我也不知道。」

百合根吃了一驚，說：

「你也不知道……。這樣從何找起？」

「目前是還不知道啊……」

「這樣講未免太不負責任了吧……」

「不知道就說不知道，哪裡不負責任了。」

百合根無話可說。

山吹說：「理論上應該存在，但還不知道那是什麼。像這種時候，必須先從觀察做起。青山先生的意思是，觀察現場遺留的所有物品，是我們目前唯一的辦法。」

百合根問青山：「是這樣嗎？」

「這種事，用不著一一說明也知道吧。」

百合根沒有理科背景，有時候不明白他們的常識。他深深感到理科的人有他們獨特的常識。

「那麼，意思是可以將這份工作交給ST的各位了？」關本問。

百合根還沒回答，青山便回道：「我們就是為了這個來的，也只能做了。」

青山很有幹勁。

這讓百合根覺得有點毛毛的。

「沒我的事，」赤城冒出一句：「等有屍體了再叫我。」

這種話，從狀況看來，是非常不得體的。也可以解讀為他以失蹤者必死無疑為前提。

然而，神奇的是，在場沒有任何人這麼解讀。赤城有一種獨特的氣質，他的發言就是不會讓人感到存在著惡意。

這正是領袖特質，但他本人卻渾然不覺。

「又說這種話。」在場的菊川難得主動發言：「你也要幫忙青山。重看解剖報告什麼的，也許會有所發現啊？」

赤城只看了菊川一眼，便又陷入沉默了。

用完晚餐，闕本說：「那麼，我們送幾位回飯店，請好好休息。我要回西署的特命班。」

百合根有點驚訝，看著闕本。

他這才發現，闕本一滴酒都沒喝。

4

位於岡山站旁的飯店，既現代又氣派，緊鄰國際會議中心和電視台。

辦好住房手續要進房間時，百合根問翠：

「剛才妳發現了什麼對不對？」

翠訝異地看著百合根。

「你指的是什麼？」

「晚餐中，提到熟悉鄉土史的離職警察的時候。」

「喔，那個……。叫什麼來著，那個離職警察……」

菊川說：「記得是叫湯原圭太（註：原書在此是以片假名呈現，以示菊川是知其音而不知其寫法）。」

百合根暗想：不愧是刑警，只聽過一次的名字也記得。

「對。聽到這個名字的時候，關本次長和久米課長的心跳有點加快。」

百合根問黑崎：

「出汗和腎上腺素有變化嗎？」

黑崎點頭。

人類在興奮、緊張的時候，心跳會發生變化，血液中的腎上腺素等亢奮物質會增加，排汗作用更加活躍。這是極細微的變化，測謊機探測的便是這些變化。

翠是以非比尋常的聽覺聽出心跳聲，而黑崎則是以敏銳的嗅覺聞出排汗和血液中化學物質的變化。

這兩人的組合，被稱為人肉測謊機。

菊川說：「喂，不是說不打開開關就感覺不到嗎？」

換句話說，就算聽覺再發達，如果不是有意識用心去聽就聽不出來。

「因為很無聊，我就聽了。在那種場面，觀察人們的反應很有趣喔。」

「這是什麼嗜好啊……」百合根說：「也就是說，課長和次長聽到湯原圭太這個名字時，心神動搖了。為什麼呢？」

「這我就不知道了，去問他們本人吧？」

翠說的沒錯。

百合根心想，有機會不妨不動聲色地問問看。

進了房間，門一關，疲憊便一擁而上。

出差為什麼會這麼累人呢？可能也是因為不習慣吧，同時也覺得光是長途奔波就好累。

百合根換了衣服，癱在床上。想著要在腦海中重新整理一下今天聽到的三起命案和失蹤案的資訊時，便不知不覺睡著了。

第二天，小巴又來飯店迎接。

百合根心裡盤算著，明天起就回絕。這是寶貴的偵查用公務車，不能專供ST使用。

一到岡山西署的特命班，關本已經在坐鎮指揮了。

搞不好，他根本沒回家。雖然白襯衫燙得筆挺，領帶也和昨天不同，但西裝是同一件。

「現場物品清單和照片都準備好了。」關本對百合根說。

「我來看。」

青山積極主動地這麼說，讓百合根很意外。他是覺得應該對昨天的發言負責嗎？

青山就座，開始把準備好的資料亂扔在桌上。

其他ST的成員和菊川也就座了。只有百合根站在關本旁邊。

「那個……，關於縣警的小巴……」

「有哪裡不滿意嗎……？」

「不，每天都來接送，我覺得很過意不去……。一般偵查員出差，都是利用電車之類的公共交通工具吧？」

「這要視情況而定。SAT和SIT都有自己的裝備，所以交通工具也是自備的，但ST的各位並沒有這個選項。所以，才由邀請各位前來的我們準備。」

「但是，獨占公務車實在……」

「不用擔心。車子並不是只用來接送ST的各位，其他時間也作為一般公務車輛使用。」

「這樣啊……」

關本沉默了一下。

「你是高考出身的吧。」

「是。」

「還是警部，係長？」
「是的。」
「以你的年齡，當上警視也不足為奇。你沒有考慮過到地方縣警本部歷練一下再回警察廳嗎？」
「我很少去想。ST的事就夠我忙了……」
「高考出身的人，應該有更多該考慮的事，而不是去在意小巴吧？」
真傷人。
「也許前輩說的對。」
「啊，抱歉。身為前輩忍不住就擔心了……。可能說得有點太過分了。」
「哪裡……」
百合根想趁這個機會發問。
「可以問一個問題嗎？」
「當然。」
「昨天，田代部長提到湯原圭太這個人時，次長有點、怎麼說……有點奇妙的反應？」

「奇妙的反應？」

「就是心情有點動搖……。久米課長也是。」

「我倒不記得我動搖過……」

百合根往翠那邊看了一眼。

翠的座位離得遠遠的，人也沒有往這邊看。但這些對話應該都傳進了她的耳裡。

「的確出現了測謊機會出現變化的那一類的反應。」

「你怎麼會知道？」

關本的眼睛因好奇而發亮。

看關本沒有生氣的樣子，百合根稍微放心了。

「ST有一對人稱人肉測謊機的搭檔。」

百合根解釋了翠的聽覺和黑崎的嗅覺。

關本聽他說完，喃喃地說：

「真令人難以置信……」

百合根看著關本，小聲說：「翠小姐，關本先生好像不太相信，不好意思，可以請妳舉起右手嗎？」

關本一臉訝異地朝翠看去，驚訝之色很快便占據了他整張臉。翠果然照百合根所說的，舉起了右手。

「你身上該不會裝了小型麥克風之類的東西吧？」

「可以搜我的身。」

「不了……」關本說：「用不著。原來如此，ST並不單單擁有科學知識和技術而已……」

「請告訴我，為何你聽到湯原圭太的名字便動搖了？」

「喔，如果是為了這件事，那倒是沒什麼。」

關本頓時一臉掃興的神情。

「湯原今年自縣警辭職……。原因不明，走得也很突然，所以在縣警內造成了不小的話題。之後我也沒有機會遇見他，所以聽到田代部長提起他的名字，才會有點驚訝。」

「田代部長也不知道湯原先生辭職的原因嗎？」

「我想他不知道，因為部門不同……」

「那麼部長知道湯原先生辭去警職一事，在縣警內形成了話題嗎？」

「部長對這些事不太留心……」

百合根可以理解。

田代部長人很隨和。但是，是官僚式的。他對部下的個人話題肯定不感興趣。

雖然才見過幾面，但百合根很快便看出他是這樣的人。

「我會在今天之內與他取得聯絡。」關本說。

「咦……？」

「我是說湯原。」

「哦……，麻煩了。」

「ST的作法果然與眾不同。如果只有偵查員，恐怕沒有人會提議去查桃太郎傳說。」

「是啊……」

其實也許是青山一時興起——這種話打死百合根他也不敢說。

而青山把桌面弄得更亂，正盯著資料看。其他成員則只是看著他。

百合根走近青山。

「有沒有什麼發現？」

「這個嘛……。算不上是確切的證據，不過發現一些材料可以補強我的假設。」

「真的？」

「這個，是第一起命案屍體發現現場的東西。」

現場是西東京市內一處公寓的工地。

資料中有為數眾多的照片和照片清單。

「你看這張照片。」

青山拿起一張8×10的照片。照片拍的是一盒火柴。白色的盒子上有詠風莊這幾個字，是經過設計的書法字，多半是日式旅館的火柴盒吧。

「那是凶手留下的嗎？如果是的話，專案小組應該已經在追查來源了……」

「問題不是凶手是否去過那家旅館，你看火柴盒的側面。」

「側面……？」

一邊是咖啡色的磷皮，相反的另一邊則寫著旅館的地址。字很小，但還算能辨識。

神奈川縣足柄下郡箱根町蘆之湯……。

百合根一驚。

「第二起命案屍體發現的地點，就在箱根……」

「對。這個地址，應該離第二起命案的現場不遠。」

「會不會是巧合？」

「調查是否為巧合就不是我的工作了。你可以問問菊川先生啊？我想他一定不會說是巧合的。」

菊川聽到，便說道：「的確……。像這種情況，偵查員不會認為是巧合。只不過……」

青山問菊川：「只不過什麼？」

「你認為這是指出第二起命案犯案現場的提示，有什麼依據？」

「如果這三起命案是連續殺人案，那麼極有可能是計畫殺人。這樣的凶手會粗心到在現場遺落火柴盒嗎？」

「犯人就是會犯一些難以想像的失誤，所以才會被逮捕。」

「在現場的物品裡，就只有這盒火柴上有地址。而上面的地址又在第二起命案的屍體發現現場附近。」

「好吧。那麼，應該這樣想對吧？第二起命案的屍體發現現場，應該有指出第三起命案現場的提示……」

「應該是。」

聽到兩人的對話，旁邊的管理官和偵查員都聚過來。關本也在其中。

關本對百合根說：「分頭來找，這樣比較快。」

「是啊。」

關本命偵查員分配物品清單和照片，加以分析。

青山那裡的資料被帶走了。

他的工作被搶了，他看起來卻一點也不在意。

也許，在資料中發現疑似提示之物的那一刻，他的工作便結束了。

第二起命案，也就是前原真知子的屍體，是在箱根的出租別墅裡發現的。當初猜測是前原真知子自己租的別墅，但調查之後發現那裡長久無人租用，一直閒置著。

「是不是這個？」

不久，一名偵查員說話了。他舉起一張照片。

所有人都探頭想看那張照片。

關本接過那張照片。

「全新公寓大樓的簡介……？」

找出簡介的偵查員說：「好像是放在發現屍體的出租別墅的茶几上。現場物品裡，標有地址的就只有這個。」

「字好小。有沒有放大鏡？」

看來他開始老花了。立刻有人拿來一把大型放大鏡。關本接過來，細看照片中的簡介。

「大阪府豐中市新千里東町……」關本呻吟般低聲說：「第三起命案的被害者奧野久則的屍體，就是在千里新市鎮的公園裡被發現的吧……？」

「是的。」偵查員回答。

關本加強語氣說：「清查奧野久則命案的物品，裡面應該有關於失蹤的戶川雄生的提示。」

已經有偵查員和管理官著手進行這項作業了。

青山看著這一連串動作，對百合根說：「我說，我們快點去找那個湯原先生吧。」

「特命班的人沒時間管這個吧。」

「所以，把找提示的工作交給他們就好啦。那已經不是我們的工作了，不是嗎？」

百合根還來不及反駁，菊川便說：「青山說的沒錯。ST待在這裡也沒事做。」

「我可以待在這裡看看解剖報告吧？」

赤城一開口，菊川就皺起眉頭。

「你也要來。五個人才叫ST，要說幾次你才懂。」

「沒有必要總是五個人一起行動。我本來就是獨行俠。」

「這年頭沒有人會說自己是獨行俠的。」

「這裡就有。」

「好了，一起去。」

百合根不得不去向關本開口。他走近關本，戰戰兢兢地說：

「那個……ST在這裡已經沒事了，我們想去拜訪那位湯原先生……」

「我已經叫人去約了，應該很快就會有消息。」

原來如此，高考出身的當上搜查一課次長，就不用自己打電話，而是叫某個部下去安排。

百合根正打算回去告訴青山的時候，有電話找關本。

「啊，等一下……」關本對百合根說。

於是百合根便被留在原地等關本講完電話。

掛了電話，關本說：「剛才的電話說已經約好了，對方說隨時都可以碰面。你們要馬上出發嗎？」

「我是這麼打算。請問約在哪裡碰面？」

「對方說希望去他家找他。我找人帶你們去。」

「不了，只要告訴我們地址，我們找得到的。」

「不用那麼費事。」

關本叫了一名年輕的偵查員，吩咐他為百合根等人帶路。

百合根儘管覺得過意不去，卻怕再客氣反而失禮，便決定麻煩岡山縣警帶路。

「我是木島。」年輕偵查員說。

「我是百合根。請多指教。」

「哎呀，能夠為大名鼎鼎的ST帶路，是我的榮幸。」

木島朝翠瞄了一眼。翠正蹺腳坐著，整條大腿都露出來，幾乎快要曝光了。

原來如此，難怪會勾起年輕人的興趣——百合根心想。

「木島先生認識湯原先生嗎？」

「不，不認識。他在縣警本部的公關課，我則是轄區的小嘍囉。」

「聽說他突然辭職，傳出了不少說法？」

「是嗎？可是，那是在縣警本部裡吧，和我們無關。」

說的也是。

木島拿起寫有地址的紙條，說：

「那麼，我們走吧。」

5

載著ST眾人的小巴，離開岡山西署往岡山的中心地區前進。在站前距離車站還有相當遠的地方右轉，行駛了一陣子之後，便來到住宅區。地名叫作上中野。

「就是這一帶了……」木島說：「請停車。我下去找找。」

司機停好車，木島便從副駕駛座下車。不到三分鐘就回來了。

「找到了，就在前面。」

百合根等人下車跟著木島走。目的地是一幢老舊的木造二層樓建築，被樹籬圍繞，沒有空心磚牆。

玄關也是古意盎然的拉門。

看了門牌，得知湯原圭太這個名字的寫法。

木島從玄關往屋裡喊，立刻便來了一名中年男子，年齡大約五十四、五歲。

他的黑髮中參雜著白髮，體格壯碩，多半是年輕時以柔道或劍道練出來的。

「請問是湯原圭太先生嗎？」

木島進一步確認。

「我就是。正在等幾位大駕光臨。」

為人很客氣。辭去警職的人，明顯分為兩類。一種是不願與過去的同事相見，另一種是繼續保持密切交流。

許多警界人士在退休後開設保全公司，而這些人多半是後者。因為保持密切交流對事業有所助益。

看樣子，湯原與警方的感情並不怎麼差。雖然聽說是突然離職，但百合根猜想，也許純粹是基於個人理由。

由於是木造的老民宅，結構和格局是和式的，但客廳擺放了待客的桌椅。有沙發組，中央是矮茶几。

「來，請坐。……話是這麼說，但沙發位子不夠……。請稍等一下。」

湯原搬來了兩張木製折椅，由湯原與木島就座。於是，總算所有人都有位子坐了。

「聽說你們是想了解桃太郎傳說……」湯原對木島說。

木島趕緊回答：「啊，我只是負責帶路，想向您請教的，是這位警部先生。」

「警部……？」

湯原朝菊川看。

菊川說：「不是我，旁邊那位才是百合根警部。」

百合根取出名片。

「我是ST的係長百合根。」

「喔，是高考出身的嗎？」

「嗯，是……」

「是嗎。原來ST的係長是高考出身的啊，果然……。是這樣的，我聽說你們過去解決了許多離奇的案件……。原來係長是高考出身的啊，難怪。」

「不，我什麼都沒做。」

「哪裡，你謙虛了。你可是通過國家公務員I種考試的難關，將來是警察機構的棟樑，要大展長才的……」

湯原十分抬舉百合根。遇到這種情況，絕大多數都是嘲諷，但湯原倒不是那種語氣。

百合根只覺得難為情，很想趕快進入正題。

「想必您也知道連續發生的三起命案和失蹤案？」

「是啊，電視新聞和報紙都報導了……。說是屍體上刻了『桃太郎』這幾個字。的確有同一人連續犯案的可能，但也懷疑是模仿犯所為，是吧？」

「模仿犯的可能性相當低。」

百合根說得含蓄，但青山接著說：

「已經被否定了。」

湯原看著青山的臉，楞住了一會兒。表情像是看到人偶在講話。

「被否定了……」

百合根解釋：「已經找出犯案現場的遺留物品，上頭指出下一起命案屍體的發現地點。」

湯原身子微微前傾。

百合根心想：變成警察的神情了。

「也就是說，犯案是經過詳細計畫的？」

「我們負責文書的青山是心理學專家，他說，這個凶手希望被找到。」

「希望被找到……」

「換個說法，就是向警方挑戰。」

「是愉快犯的意思嗎？」

「這就很難說了。」青山說：「可能是對警方有所怨恨，也可能是過度的正義感作祟。」

「過度的正義感嗎……」

「對。每個被害者身上都有社會問題，都是些應該受到譴責的人。」

「所謂的天譴嗎？」

「這個嘛，也不是沒有那個可能。」
「調查桃太郎傳說，可以幫忙破案？」
這個問題由百合根回答。
「當然，特命班正傾全力搜救失蹤者。我們的任務，則是釐清凶手的樣貌。而線索就是屍體上的『桃太郎』這幾個字。」
「聽說也刻了星號？」
「是的。『桃太郎』和星號。所以，青山才說想要了解桃太郎傳說。」
「也就是說，人物側寫能有幫助？」
百合根本身是半信半疑，但此時此刻只能點頭。
「是的，所有資訊情報對人物側寫都是不可或缺的。」
「只要我能幫得上忙的，我都願意盡力。鄉土史我很在行，包在我身上。那麼，該從哪裡說起呢……」
青山說：「可以的話，越詳細越好。」
湯原點點頭。

「我就從桃太郎這個民間傳說是什麼時候形成的開始說吧。故事的雛型，一般認為是在室町時代便形成了。而遍及民間，則是在江戶時代中期。據說是透過有插圖的故事書，也就是草雙紙，其中最為通俗的『赤本』流傳開來的……」

根據湯原的解說，直到明治時代，都是以老公公與老婆婆吃了從河的上游漂流下來的桃子而生子的回春型情節為主流。

而太平洋戰爭時期，軍國主義色彩濃厚，則特別強調出征殲敵，也就是打鬼這部分。

不僅岡山，香川縣、愛知縣犬山市也流傳著桃太郎傳說，而且各自主張自己才是本家本源。

特別是香川縣，還流傳桃太郎是女孩的版本。因為女孩長得太可愛了，怕被鬼（註：此處的「鬼」指的是日本文化中想像的人形怪物，高大魁梧，身強力壯，頭上長角，滿口獠牙，腰圍虎皮，性情暴戾，爲非作歹）抓走才取了男孩的名字。

桃太郎傳說的原型究竟如何，時至今日已不得而知，但也有人認為是承襲了海洋民族的童話模式。

分布於太平洋的密克羅尼西亞、玻里尼西亞等地，有很多孩子從桶中或果實中出現的故事，也有人說桃太郎傳說也是這類傳說之一。

「回春型的故事，有點不太方便說給孩子聽啊……」菊川說。

「哎呀，還可以當作性教育，不是很好嗎。」

聽翠這麼說，菊川碰了一鼻子灰似地閉上嘴。

「關於桃太郎打鬼這個部分……」

湯原似乎對兩人的對話毫不在意，繼續解說：

「瀧澤馬琴在《燕石雜志》這本著作中，便針對其原型進行了考察。」

「原型……？」青山問。

「是的。馬琴推測，《保元物語》中的源為朝，多半就是桃太郎打鬼的原型。為朝渡海到了鬼島，身為鬼的子孫的島民說起現已失傳的寶物……」

「喔，這個故事我知道。」

源為朝流放伊豆大島的那一段歷史。

為朝啊——百合根心想。

以前曾經處理過與為朝傳說有關的案子，沒想到竟然會在這時候又再遇上。

「不過呢，馬琴的解釋多少有些牽強。其實，古時候所謂的鬼，現今推測，是來自中國大陸或朝鮮半島以冶金、煉鐵為業的人們。這個看法目前已成為定論。因為有鬼的傳說的地方，必定有古代冶金，特別是煉鐵的遺跡。俗話不是說，『鬼に金棒（給鬼鐵棒）（註：本已邪惡強大的鬼，手上又多了鐵棒這個武器，意同如虎添翼）』嗎。鬼和鐵的關係密不可分。」

「這個說法我倒是聽說過。」青山說：「礦石是從山裡挖出來的。對住在平地的人們而言，山是神聖的，所以生活在山中冶金的民族等於是異世界的存在。古代煉鐵的工地，也就是所謂的塔塔拉場，是平地人無法想像的世界。鐵塊燒得通紅，熔化成液狀，因為火爐旁熱得嚇人而打赤膊的人們，被發出紅光的鐵液照亮……。平地的人可能在夜裡窺見這場景而嚇得腿軟。而這就是所謂的鬼。」

「對平地人而言，他們就是異形。說到這，現在人們一提到鬼，想到的形貌都是頭上長角，穿著虎皮短褲。那其實是代表了鬼門的方位，也就是艮，以天干地支而言，就是牛與虎之間，所以才會有牛角和虎皮短褲。」

百合根心想，原來如此。過去他對鬼的形貌從來沒有任何疑問，但原來凡事都是有原因的。

青山問：「這麼說，岡山以前也有塔塔拉？」

「有，岡山在歷史上也曾是盛產鐵器的地方。據傳曾經有許多渡來人（註：指西元四世紀至七世紀渡海定居日本的朝鮮人、中國人）住在這裡。其中最有名的，就是溫羅。」

「溫羅……？關本先生好像也有提到過……」

「寫成溫度的溫，羅盤的羅。正因為有溫羅傳說，岡山才會被視為桃太郎傳說的本家本源。也就是說，溫羅與吉備津彥之戰，成了桃太郎傳說。」

「吉備津彥是……？」

湯原把茶几上的便條紙和原子筆拉過來，寫下「吉備津彥」。

「他的原名是彥五十狹芹彥命，是孝靈天皇的皇子，四道將軍之一。由於平定了吉備國，後來便自稱吉備津彥命。」

百合根進一步確認：

「吉備國就是岡山縣吧？」

「吉備當中的備前和備中是岡山，還要再加上美作。備後現在則是屬於廣島縣。」

百合根對美作這個地名有印象。尋思片刻，想起來了。應該是黑崎學過「美作竹上流」這門古武道。

那他應該去過位於美作的本部道場好幾次才對。這樣的話，對岡山應該有一定程度的認識吧。然而，黑崎卻隻字不提岡山。

黑崎只有在必要的時候才會以最少的話開口。既然他什麼都沒說，就表示不必說。

因此黑崎的每一句話都分量十足。

青山問湯原：「吉備津彥……那時候他還沒有冠上這個名字，所以是彥五十狹芹彥命……他平定吉備國，意思就是他和溫羅打仗？」

「是的。有兩個名字實在麻煩，我就忽略時間順序，統一稱他為吉備津彥。溫羅據說是在垂仁天皇時代渡海來到吉備國的。他無惡不作，荼毒眾生，於是人們向大和朝廷求助。朝廷便派來了吉備津彥，向溫羅宣戰。溫羅在吉備山中建造了人稱鬼之城的山城。吉備津彥在中山布了陣。溫羅十分頑強，雙方持續激戰。溫羅投擲巨石，吉備津彥則是以一弓雙箭瞄準溫羅放箭。一枝箭射中了溫羅投擲的巨石，另一枝箭則射穿了溫羅的左眼。溫羅化身為雉雞逃跑，吉備津彥便變成老鷹追捕。於是溫羅又化身為鯉魚想逃，吉備變為鸕鶿，抓住了溫羅。吉備津彥雖摘下了溫羅的首級，但溫羅低吼不絕。儘管割他的肉餵狗，吼聲依然不停。於是，吉備津彥將他的首級埋於吉備津宮釜殿的鐵鍋之下，但還是止不住聲響，鐵鍋一連響了十三年……」

湯原說到後來說得興起，簡直像在講古。

故事還沒結束。

溫羅左眼滴落的血，流到了血吸川。

由於鐵鍋不斷作響，吉備津彥非常煩惱。溫羅來到他夢中顯靈，這樣告訴他：

「令吾妻阿曾媛烹釜殿神饌。世間有事，便至釜前。悠然而鳴為福，轟然作響為禍。命喪此世，此後以靈神現。吾為使者，賞罰四民。」

這便是流傳至今的鐵鍋問卦的起源。

後來，溫羅便被祀奉於吉備津神社本殿的鬼門，艮御崎宮。而吉備津彥死後則葬於吉備中山的御陵。

「這就是日本書紀等史書上所記述的溫羅與吉備津彥的傳說。換句話說，就是正史。但是，岡山當地流傳的傳說則相當不同。」

「哦……」

青山的神情變得更加投入了。他漠不關心的時候和感興趣的時候差距實在太極端。

「據傳，溫羅是百濟的王子，因國家戰敗而流亡至吉備國。溫羅為防禦祖國的追兵，便在吉備國築起半島式的山城，就是鬼之城。溫羅將煉鐵技術帶到了吉備國，使人民富足，因而深受愛戴。位於溫羅山城山腳下的阿曾鄉，逐漸成了知名的鑄鐵師之鄉。溫羅還娶了阿曾鄉神職之女阿曾媛，因此於名於實都成了吉備的領主。民眾敬愛溫羅，暱稱他為『吉備冠者』。就這樣，吉備的人們與溫羅關係良好，溫羅過著幸福的生活。而此時，大和朝廷突然派來了彥五十狹芹彥命，也就是後來的吉備津彥。」

「吉備津彥為什麼會突然舉兵攻打吉備國？」

「大和朝廷為了擴大勢力，分別派遣將軍攻打北陸、東海、丹波以及西道。負責西道，也就是山陽地區的，就是吉備津彥。而攻打的原因，在於吉備國的煉鐵技術。而且，本來吉備國的勢力便足以與大和朝廷匹敵，是大和朝廷的眼中釘。」

「勢力足以與大和朝廷匹敵……？」

「古代，吉備的中山靠近吉備穴海，往來於京城與瀨戶內海之間的船隻都以此為中繼點，因而十分繁榮。當地本來就盛行製鹽，再加上溫羅帶來的煉鐵技術，就更加繁榮了。當時，煉鐵技術直接反應了軍事戰力。當時吉備的勢力，從全長達三百五十公尺的『造山古墳』，以及全長二百八十六公尺的『作山古墳』便可見一斑。『造山古墳』在日本全國也是第四大，是與皇族無關的古墳當中最大的。還有，和歌中吉備的枕詞是『まがねふく』（註：意爲煉鐵），由此可見，古代吉備的煉鐵就已經很有名了。」

「聽起來好像出雲喔。」

「對，大國主的出雲與吉備有很多共同點。雙方煉鐵業都很興盛，而且與渡來人的交流也很頻繁……。《出雲國風土記》以『所造天下大穴持命』來記載大國主，但這本來應該是用來稱呼天皇的。出雲也曾擁有如此龐大的勢力。說起來，從某些角度來看，出雲與吉備有許多相似之處是當然的。出雲與吉備因為擁有山的文化，也就是擁有冶金、煉鐵技術與文化的渡來人，而產生了共同點。」

「站在大和朝廷的立場，當然會想將這些土地列入管轄……」

「是的。」

湯原深深點頭：

「對溫羅、吉備的人們來説，吉備津彥就是一個侵略者。」

「也就是説，桃太郎打鬼，但桃太郎其實是侵略者？」

「對吉備國的人而言，是這樣沒錯。」

「哦……」

百合根對這個故事的發展大為驚異。他原以為，在桃太郎傳説發源地岡山，人們當然視桃太郎為英雄。岡山市內有很多地方的命名都與桃太郎有關，名特產店也販售吉備丸子。

萬萬沒想到，會在發源地聽到那個被討伐的鬼溫羅其實備受景仰愛戴，而桃太郎才是侵略者。

湯原剛才還語氣熱烈，現在已變得平靜淡定。

「當時的百濟話把城牆叫作烏魯。一説是，烏魯是溫羅的語源。而吉備津彥遠征之際，帶了犬飼健命、樂樂森彥命、留玉臣命這三個部下。後來的狗、猴子、雉雞多半就是由這三個人演變而來的吧。順帶一提，犬飼健命據説是犬養毅首相的祖先。雉雞變成部下，可能是桃太郎的故事裡夾雜了溫羅曾化為雉雞和鯉魚試圖逃脫的傳說。」

百合根本來完全沉浸在湯原說的故事裡，這時候忽然冷靜下來。就像湯原自己也說過的，知道這些真的能對辦案有所幫助嗎？

青山則是相當投入。但百合根不免有點擔心，此行會不會只是陪青山滿足他個人的好奇心而已？

然而，湯原好心為他們講解，總不能打斷他。

ST的其他成員都默默聽著。不知他們作何感想，但至少所有人看起來都專心聽湯原說話。

湯原繼續說道：

「關於吉備津彥的三個手下，有一些滿有趣的說法。套上桃太郎傳說，犬飼健（註：接下來作者省略命）是狗，這誰都想得到吧。問題是，第二個人，樂樂森彥。其實，有一個說法是樂樂（ササ）指的是銅、鐵的原料。尤其是鐵，鐵砂以前被稱為樂樂。」

說到這裡，湯原停了下來，感覺像是要確認青山有沒有跟上。當然，這是無謂的擔心，青山跟得很緊。

「鳥取縣日野郡有一座神社叫作樂樂福神社。這座神社祭拜的是孝靈天皇、細姬，以及吉備津彥。這座神社在當地非常有名，柳田國男也曾在《一目小僧與其他》中提到。當地本來就有樂樂福信仰，這個神明是獨眼的。而樂樂福神社也流傳著打鬼的傳説。煉鐵、冶金的神很多都是獨眼，這是世界共通的。希臘神話中的獨眼巨人賽克洛斯也是冶金之神。鳥取縣日野郡自古便是鐵砂的產地。附近的鳥上峰是剷除八岐大蛇的舞台。現在，剷除八岐大蛇其實是擁有煉鐵技術的出雲民族與大和朝廷之戰的説法，也已成為定論。也就是説，樂樂福神是與煉鐵密切相關的神明。話題岔開了，我們是在説樂樂森彥喔。和樂樂福神一樣，樂樂森彥也應該視為與煉鐵、或者是與鐵礦有關的名字。所謂的樂樂福（ササフク），樂樂是鐵砂，所以其實就是精煉鐵砂的意思，意味著鼓風爐、塔塔拉，同理，有人認為樂樂森（ササモリ）是ササ守（も）り，也就是保護鐵砂的意思。」

「等一下……」青山説：「樂樂森彥是吉備津彥的部下吧。吉備津彥身邊有人的名字與煉鐵有關，不是很奇怪嗎？」
「重點就在這裡，吉備津彥的部下當中有煉鐵專家集團。我個人認為，這就證明了吉備津彥與溫羅之戰不是平定巨惡，而是為了爭奪鐵而發動的侵略戰爭。」
「原來如此……」
「再來呢，就是雜談或說是雜學吧……。剛才提到過，樂樂福神和獨眼巨人這些和煉鐵、冶金有關的神都是獨眼對吧。溫羅也被吉備津彥射瞎了左眼，變成獨眼。吉備中山有兩座祭拜彥五十狹芹彥命，也就是吉備津彥的神社。一座是吉備津彥神社，另一座是吉備津神社。祀奉溫羅的是吉備津神社，這座神社更大更氣派，社殿也被指定為國寶。我認為，這也代表了自古以來當地人們敬愛溫羅更甚於吉備津彥。」
「吉備國的人們真的有這麼愛護溫羅啊……」
「是的。剛才我也說過，溫羅與吉備津彥之戰，當地流傳的說法也與官方大異其趣。吉備津彥摘下溫羅首級那一段，當地的說法是『以儆效尤』。」

「以儆效尤……」

「對。由於民眾支持溫羅，因此吉備津彥必須摘下溫羅的首級以展現實力。據傳，看到此幕的人民無不悲嘆，而溫羅的首級則回應這些悲切之聲而發出低吼。」

「果然不到當地問問看都不知道呢……」

青山難得佩服感慨。

山吹聽了便說：

「恐怕每個地方都是這樣吧。史書上被記載成惡人的一方之主，往往是名君、英雄。出雲的大國主也是一樣。這樣的情況不僅出現在日本，世界各地也都看得到。換句話說，政治上的統治要改寫歷史才能確立。」

青山對山吹說：

「連民間故事也要改？」

「民間故事是視國家政策改變的吧。湯原先生也說，桃太郎的故事在太平洋戰爭時期，著眼於勇敢殲敵。本來，日本的故事傳說，在室町時代便染上濃厚的佛教色彩，很多內容都被改成傳道說法。失去原本的味道，反而著重於佛教的道德勸說，實在沒意思。」

百合根聽了這番話大吃一驚。

「山吹先生，你身為出家人，說這種話好嗎？」

「就因為是出家人才更應該說。被教誨和道德利用的佛法，一點魅力也沒有。」

赤城說：「哼，禪宗的和尚說的話果然與眾不同啊……」

聽到他們這番對話，反而換湯原和木島吃驚了。

湯原說：「禪宗和尚……。您真的是出家的和尚？我還以為是ST的人……」

百合根說：「啊，他確實是ST的成員沒錯。是化學第二專員，也是藥物的專家。他家裡是佛寺，他本人也具有僧籍。」

「噢……」

湯原露出收斂鋒芒的神情。

百合根心想，是時候該告辭了。他也很關心偵查的後續。

「青山先生，還有什麼事想向湯原先生請教的嗎？」

青山尋思片刻。

「我想回去把今天聽到的整理一下，再來請教，可以嗎？」

湯原點頭。

「隨時歡迎。」

百合根決定回岡山西署的特命班。

6

整個辦公室的氣氛顯得非常緊張慌亂。

特命班中不時有人以怒吼般的聲量交談。偵查員拿著文件奔跑，管理官湊在一起認真討論。

百合根走近雙臂環胸、坐在座位上的關本。不斷有文件送到關本面前，百合根必須等一陣子才能跟他說話。

「發生了什麼事？」

「從第三起命案的屍體發現現場，找到了記載著地址的物品。」

關本拿起一張照片給百合根看。百合根接過照片，菊川和ST眾人都聚過來探頭看。

「看起來像是觀光簡介。」山吹說。

物品看起來很髒。

第三起命案的屍體是在公園發現的。多半是嫌犯事先故意沾了水讓它被泥土弄髒，以免太過引人注目。

因此，負責初步偵查的偵查員也不覺得那張紙掉在那裡有什麼不自然。

百合根問關本：

「這物品很髒，這樣看得出是哪裡的觀光簡介嗎？」

「一眼就看出來了。那是吉備路的觀光簡介。」

「吉備路……？」

「是一條鐵路，連接岡山站和總社站。這條吉備路沿線也是桃太郎傳説誕生之地。」

青山問：「也就是和吉備津彥與溫羅相關的地方了？」

「對。現在已經動員縣內的偵查員去吉備線沿線搜索了。順利的話，也許能救出失蹤的戶川雄生。或許，也能夠發現屍體吧。」

聽他的語氣，發現屍體的可能性比平安救出要高。遺憾的是，百合根也這麼認為。

過去三起命案，屍體都是在被害者失蹤的三或四天之後發現的。而戶川雄生報案協尋，已經是第四天了。

百合根悄聲對赤城說：

「要是發現屍體，就換赤城先生出場了。」

赤城瞥了百合根一眼。

「你以為我想要這樣嗎？」

「不，我不是這個意思……」

「不過，機率很高就是了。該我做的事我當然不會推辭。」

青山對赤城說：「為什麼覺得機率很高？」

「從過去三起命案來推測，當然很高。被綁架之後，或是失蹤後，過了三、四天就被發現屍體。」

「這次可能不會喔。」

赤城皺起眉頭。

「你啊，為什麼會這麼想？」

「這個喔，就是這麼覺得。」

「什麼啊，不是有依據才這麼說的嗎？」

「也不是沒有，可是不是很清楚。」

「這算什麼啊……」

赤城拿青山沒轍般地說。

百合根倒是對青山的說法莫名在意。

「你是不是想到了什麼？」

「我不是說了嗎？不是很清楚。」

「你的意思是，雖然不是很清楚，不過已經發現了什麼依據，是嗎？」

「等到了可以說明的階段我就會說的。」

那就說明一下現在已經知道的——百合根想這麼說時，青山跑去跟翠說話，讓他錯失了時機。

「問妳喔，湯原那個人啊，我們去找他，他怎麼樣？」

「什麼怎麼樣？」

「就是有沒有緊張、亢奮啊。」

青山是在向身為人肉測謊機的翠詢問意見。

「他的心跳偏快。不過，並沒有因為話題不同而出現變化，一直都很快。

也就是說，情緒一直很高昂。」

「很亢奮的意思？」

「應該吧，黑崎先生應該更清楚。人一亢奮，體味就會變不是嗎？」

青山問黑崎：「你覺得如何？」

黑崎默默點頭。

他肯定了翠所說的話。也就是說，湯原一直處於亢奮狀態。

青山為什麼會問這幾個問題？

百合根覺得，就算湯原處於亢奮狀態也沒什麼好奇怪的。能夠大談自己的專長，而且還能協助辦案，遇到這種情形，只要是人，多少都會亢奮的不是嗎。

這時，一個本來在講電話的偵查員突然大聲說：「吉備津彥神社的拜殿發現了東西。」

一位管理官吼著回話。

「東西是什麼東西？」

「是像信的東西。他們說等鑑識作業一完成就會送過來。」

「叫他們趕快。」

百合根對菊川說：「沒有找到失蹤者卻有信，這是怎麼一回事？」

「不知道……」

菊川若有所思地說。

來到岡山之後他話就變少了。

大概還是不滿關本的態度吧。

「我看……」青山說：「如果前兩起命案警方就注意到下一次屍體發現地點的預告，第三起命案就會像這次這樣，發現的不是屍體而是訊息了。」

「為什麼？」

「我不是說過嗎，這個凶手是在向警方挑戰。而且，他希望人們把他找出來。」

一名管理官接了電話皺起眉頭。

「什麼……你確定？」

其他管理官和關本都看著那個管理官。

一掛電話，那個管理官就對關本說：「是大阪的專案小組打來的，說是拘捕嫌犯了。」

「是嗎。」關本說：「叫他們把嫌犯的資料傳過來，也要偵訊的筆錄。用傳真、電子郵件都可以。叫他們傳過來。」

「是。」

聽到他們的對話，青山喃喃地說：「殺人嫌犯……。這有點怪……」

百合根問青山：「哪裡怪？」

「哪裡喔……就是覺得不太對勁。」

「怎麼個不對勁法……？」

青山抱住頭。

「我也不知道啊……」

他顯得很煩躁。

百合根頭一次看到青山這種情況，不免吃驚。

青山的秩序恐懼症，據他本人說，是潔癖的反彈。他必須待在一個極其雜亂的地方，否則便靜不下心。然而，也許他的腦中與他偏好的環境正好相反，必須經常整理得有條不紊。

從他說他以前是嚴重潔癖便不難想像。此刻，青山的腦海中多半是呈現資料無法整理的狀態。

這對青山來說，就和被迫待在一個整整齊齊的地方一樣，不，恐怕更加難以忍耐。

「總之，把資訊情報全都匯集到這裡來。」

關本說：

「嫌犯的資料也都要，去告訴各案的專案小組。有必要的話，以部長的名義提出要求。」

關本頓時火力全開。

百合根很能理解關本的心情。

失蹤的戶川雄生生還的可能性提高了。而大阪的專案小組終於拘捕到嫌犯了。

感覺未來一片光明。

然而，百合根卻無法不在意青山說的那句「有點怪」。

析。

來自大阪的資料以傳真或電子郵件附檔陸續送到，眾管理官開始進行分析。

這時，偵查員從中山的吉備津彥神社帶回來疑似嫌犯留的信。看來是一張用電腦打字列印的紙。偵查員戴著手套正在處理那封信。

可見那封信在發現現場雖已做過記錄，但採指紋等信件本身的分析尚未進行。

「翻拍之後，送鑑識詳細分析。」

「等一下。」青山說：「讓我看看實物。」

偵查員說：「請一定要戴手套。」

「沒有必要碰，我用看的就好。」

ST是一群科學辦案的專家，但百合根看著他們往往就會忘記這一點。

偵查員把信放在桌上。

青山走近，低頭看。只看了一眼。

「好，可以了。」

戴著手套的偵查員楞住了。

百合根也不知道青山到底想確認什麼。

黑崎穿過眾人來到前面。不知何時已戴上手套，只見他拿起信，就往鼻子前面放，聞起味道。

憑黑崎的嗅覺，要是凶手搽了香水，也許能聞出來。

百合根問：「有沒有什麼特別的味道？」

黑崎聞了一會兒，然後搖搖頭。

「感覺不到有意義程度的物質。」

百合根覺得好久沒聽到黑崎的聲音了。

事實上可能也真的是很久。

黑崎的意思是，沒有聞到能供辦案參考的特別藥劑或化學物質的味道。

「問題是這封信的內容……」關本說。

白色影印用紙的正中央，只有兩行字。

打ち鳴らす柏手の音の怪しけれ　——　可疑拍手聲
桃に怨みか石屏風の間　　　　　　　對桃似有恨、石屏風之間

偵查員各自抄下句子。

百合根問青山：「有沒有想到什麼？」

「什麼也沒有。」

「對桃似有恨，是指對桃太郎的恨嗎……」

「不知道……」

看來，今天的青山不太可靠。

「你剛才說，這封信是在吉備津彥神社的拜殿找到的？」關本問偵查員。

「是的。裝在信封裡，貼在拜殿的屋簷下。」

湯原曾說，中山這個地方祭祀吉備津彥的神社有兩座。吉備津彥神社是比較小的那一座。

關本若有所思地說：「既然說『柏手の音』（註：柏手，指的是在神社前拍手的儀式），那麼還是跟神社有關了……」

青山說：「從字數而言，多半是要讀柏手の『音ね』吧……」

關本把「音」唸成「おと」。

的確，就和歌的字數而言，青山說的是正確的。但百合根覺得這種事一點也不重要。

問題在於，這首和歌是什麼意思。

「信是在吉備津彥神社發現的，意思是要在那裡拍手嗎……」關本說。

百合根將那首和歌反覆讀了好幾遍。

「單純地解釋的話，就是『拍手聲真奇怪。不知是否對桃有恨，在這石屏風之間』的意思……」

「會是以拍手聲來表示對桃太郎的恨嗎……」關本邊尋思邊說。

百合根問道：「石屏風之間，指的不知是什麼……。吉備津彥神社有那樣的房間嗎……」

「不知道……」關本向周圍的管理官和偵查員詢問：「有沒有人知道？」

沒有任何人應聲。

百合根問山吹：「你有沒有想到什麼？」

「這就難了，神社不在我的管轄內……」

說的也是，山吹是禪僧。不過，他對佛教研究透徹是自然，但對一般宗教的造詣應該也不淺。

山吹果然不負期待，接著說：「只不過，古老的神社，有時候會將岩屋視為奧殿或元宮來祭拜……」

「吉備津彥神社也是這樣嗎？」百合根問關本。

「這我倒是沒聽說過……」

山吹說：「神社本來就都是建造在特殊地點。若是社殿建造在有土著信仰的地方，經常就不知道原本的神體是什麼。總之，我們不如到神社去請教神官吧？」

關本說：「我很擔心大阪案的嫌犯，他很可能也是其他命案的嫌犯。神社這方面，我想交給ST的各位……」

百合根點頭。他們就是為此出差前來的。

「好的，我們這就去。」

7

木島又以嚮導的身分與他們同行。小巴沿著吉備線行駛，百合根覺得這一帶的景色很特別。

從來沒看過這種景色。吉備線沿線是一片廣大的平地，然而，並非一般的平地。有些地點像擺了饅頭似的，突出一座座綠意盎然的小山。

看起來不像天然的山，百合根不禁猜想這些會不會全都是古墳。這裡的地形就是這麼奇妙。

其中特別巨大的饅頭就是中山，中段看得出有形似墓地的地方。吉備津彥神社和吉備津神社就是蓋在中山這裡。

吉備津彥神社的確比想像的小得多，但令人感到古老而講究。

拜殿前，一棵繫著注連繩的大杉樹擎天而立。人稱平安杉。

拜殿前仍圍著保存現場用的黃色膠帶。還有好幾個制服員警留在這裡。

木島俐落地與制服員警溝通好，請了一位神官出來。神官四十來歲，戴著眼鏡。

百合根向神官打過招呼，讓他看了自拜殿屋簷下發現的信件影本。神官皺起眉頭，注視那影本好一會兒。

「看了這首和歌，您有沒有想到什麼？」百合根問。

「這個嘛，真是首奇怪的和歌……」

「最後『石屏風之間』這個地方，聽說一些比較有來由的神社，會將岩屋之類的地方當作神體、奧殿或元宮來祭拜，您有沒有印象？」

「我們神社的元宮的確是磐座，但……整個中山本來就是神體，磐座是神的依代（註：神靈附身之物）。」

「石屏風之間可能就是指那裡囉？」

「不，磐座是一塊大石，感覺不像石屏風。如果要講石屏風，龜島的環狀列石還比較像……」

山吹說：「哦……神社有環狀列石嗎？」

神官訝異地看著山吹說：「是啊。正面不是有座水池嗎？那是神池。那裡有龜島和鶴島。龜島上有環狀列石，那是另一個神的依代。是神降臨人世時暫居的里宮。」

山吹對百合根說：「我們去看看吧。」

回到神社正面，轉身背向本殿和拜殿，正面就可以看到神池。由松樹等樹木環繞，果真有莊嚴肅穆之感。

看過去左手邊是鶴島，而右手邊是龜島。雖說是島，但大小也不過就是個較大型的公園。龜島幾乎呈圓形，四周的確排列著大石。

「有人會在龜島行拍手禮嗎？」百合根問。

「神社就在龜島前，在那裡當然能行拍手禮啊。」

「不會有人上龜島嗎？」

「畢竟是神的依代啊……」

山吹和青山望著龜島。

百合根問青山：「你覺得呢？」

青山聳聳肩。

「的確是有很多石頭，但不像在石屏風之間的感覺……」

山吹點頭贊成。

「的確沒錯……」

百合根發現翠靜靜沉思，便問她：「是不是有什麼讓妳在意的地方？」

「可疑拍手聲……」翠喃喃地說：「照字面上解釋的話，是拍手聲和普通的不一樣，很奇怪，對吧？」

「對。」

「我想起了日光的鳴龍。一拍手，天花板就會共鳴發出低沉的回音……」

「喔，那裡我也去過。」

「可是啊，龜島上是不會發生那種現象的。」

「咦……？」

「在這種開放空間，拍手的聲音是不可能受到反射或干擾的。」

「原來如此……」

靜聽百合根與ST成員對話的神官忽然說：

「那個，既然說是石屏風，我倒覺得楯築遺跡的石圈比我們龜島更吻合……」

百合根看著神官。

「楯築遺跡……？」

「是啊，距離這裡不遠。楯築遺跡與王墓山古墳現在整併為『王墓之丘史跡公園』，可以開車上去。」

負責帶路的木島說：「喔，『王墓之丘史跡公園』，那裡我知道。要去看看嗎？」

百合根回答：「麻煩你了。」

向神官鄭重道謝之後，一行人離開了吉備津彥神社。

「王墓之丘史跡公園」也是一座微微隆起的小山。

百合根忍不住猜想，看來也是一座古墳吧？他實在不相信這是自然地形。

小巴自窄窄的路駛上山。

司機停了車，說：「車子只能開到這裡，再過去得請大家步行。」

一行人於是徒步上山。

「就是那個嗎……」百合根不禁低聲說。

很快就看見幾塊薄薄突出的巨石排列成環狀。四周樹木圍繞，附近一帶被整理得像公園。

石塊高達兩公尺以上。大的應該隨便就超過三公尺吧，的確給人「石屏風」之感。

石塊的排列並非完美的圓形，角度不一，呈不規則狀。

「哦……」

環狀列石附近豎立著一塊說明的看板。

上面寫著，楯築遺跡正式名稱為「楯築彌生墳丘墓」。

此處原為彌生時代後期的墳墓，以直徑五十公尺左右的主墳為中心，再加上兩塊突出的部分，現在全長達七十二公尺。朝東北、西南兩個方向延伸的突出部分，為建造社區住宅而犧牲了。

主墳頂部有五塊巨石。看板上並沒有說明是何人的墓。

根據傳說，楯築遺跡是吉備津彥與溫羅大戰時列陣的地方。

「王墓之丘史跡公園」是為了保存、公開遺跡整理而成的，占地廣達六點五公頃。其中，除了史跡，還遺留了多達六十座的古墳。

百合根專注地看著說明，但ST的成員卻對歷史資料不感興趣。

黑崎正仰望最大的那塊巨石。

巨石至少比高大的黑崎高了一公尺。那塊巨石頗有厚度，表面形成弧形，但其他石塊卻是表面平坦地豎立著。

果真像石屏風。

山吹一臉讚嘆地仰望巨石。

赤城則是保持距離，不感興趣地遠遠看著。

青山也和赤城一樣。他之前對桃太郎傳說那麼感興趣，現在卻一副突然冷卻的樣子。

只是情緒反覆無常嗎？或者是發現了什麼？

翠在五塊巨石之間來回走動，好像在確認什麼。

百合根注視著她的舉動。她不是在看，而是在聽。百合根心想，她一定是在找聲音會回響或互相干擾的地方，就像日光的「鳴龍」那樣。

突然，翠站住了。兩片巨石呈四十五度相對，翠就站在正中央。

翠環視四周一圈，然後拍了一下手。

其他ST成員和菊川都朝向她看。

百合根走到翠的身邊。

「妳找到什麼？」

「站到這裡來。」

百合根依照翠說的，站在她指定的地點。

「有沒有感覺？」

「被妳這樣一問，耳朵好像怪怪的，有種被塞住的感覺。」
「拍一下手。」
百合根照做。覺得自己的拍手聲聽起來很遠。
「稍微移動一下，再拍一下手。」
百合根向前走了兩步，拍了手。
「啊，這裡聽起來就跟平常一樣了。」
菊川問翠：「怎麼回事？」
翠指著兩片巨石：「這兩塊平平的石板擺的位置很巧妙，會讓聲音形成干擾。」
菊川也站在那個點，拍了手。
「真的，聽起來很怪……」
翠說：「『可疑拍手聲』。……我想，說的就是這裡。」
「『對桃似有恨、石屏風之間』……」百合根對翠說：「這又是什麼意思呢？」

「石屏風之間，我想就是這裡……。對桃似有怨，就是怨恨桃太郎吧。」

「可是，傳說這裡是桃太郎、也就是吉備津彥的陣地，不是溫羅的啊。」

「重點多半不在於是哪一方的陣地。」山吹說：「我想，重要的是，這裡是與桃太郎傳說極有淵源的地方。」

百合根問呆愣站著的青山：

「你覺得呢？」

青山望著全然不相關的方向，沒有回答。

百合根正準備再問一次的時候，忽然間青山說話了：

「石屏風之間這個詞，會讓人聯想到有屏風的房間。可是，在這裡的間，指的就是字面上的意思。換句話說，就是兩個物體之間，意指會干擾、反射聲音的兩片石頭之間。而重點是，『柏手の音』的『音』的讀法。唸『おと』不合和歌的字數，所以要讀成『ね』。」

這一點，青山曾在指正關本那時候說過。

百合根進一步問：「那麼，從中可以知道什麼？」

「站在聲音發生干擾的地點，從像屏風一樣豎立的兩片巨石中間看過去。去試試看吧。」

百合根照青山的話站過去。

青山問百合根：「有沒有看到什麼？」

「正面有松樹。」

「『柏手の音』的『音』是雙關語，影射的一定是松樹的根（註：根也讀成ね）。那裡應該會有東西。」

菊川朝松樹走過去後，問百合根：

「警部大人，是這棵樹嗎？」

那是一棵雄偉的松樹，樹幹形成一道和緩的弧形。菊川蹲下來，去查看根部。

「沒有信之類的東西……」

青山說：「一定有東西。」

「慢著，有東西埋在地下……。好像是一個小塑膠袋。」

百合根走過去，看著菊川手邊的東西。

菊川從松樹根部地面拉出來的，是一個小塑膠夾鍊袋，就是鑑識人員用來裝證物的那種袋子。裡面放有東西。

菊川說：「很像是記憶卡之類的……」

百合根說：「是SD記憶卡。」

是手機、數位相機、電腦等用來記錄的載體。

菊川說：「得回署裡看裡面有什麼……」

「等等，黑崎說沒那個必要。」赤城說。

菊川和百合根轉頭看黑崎。只見他拿著一台比B5還小的筆記型電腦。

看樣子，那台電腦內建了讀卡機。

一啟動，副檔名為.flv的檔案只有一個。那是flash影片檔。

看來是用flash編輯家庭錄影帶拍的影片。影像很暗，不容易看清楚。

山吹說：「好像是寺廟境內……」

在百合根看來，只是條窄路。聽山吹這麼一說，的確很像寺廟境內或是神社的參道。

但山吹卻說是寺廟，而不是神社。

「你怎麼看出來的？」

「如果是神社的話，參道上會鋪碎石或石板。影片也稍微拍到了一點類似山門的東西……」

百合根分辨不出，但也許山吹憑感覺就能感覺出來。

攝影者漸漸移動。畫面晃動，更加不容易看了。逆光出現了一座高高的建築物，是很有特色的建築。

看起來像是法隆寺或東寺的五重塔。

「啊……」

一起湊過來看影片的木島叫了一聲。

百合根問木島：「你認得？」

「這是國分寺的五重塔啊。」

「國分寺……？」

「備中國分寺。就在作山古墳旁，離這裡也很近。」
五重塔的影片唐突地中斷了。
畫面出現了一張白紙，中央有字。看來一樣是以電腦打字列印的。
畫面對焦，終於可以看出是什麼字了。

刺股のつけ根の池の木の端　刺股根、池木端
案内乞う人その裏も見よ　問路探究竟、勿忘覩其後

是這兩個句子。然後影片結束。全長約四分鐘左右。
山吹說：「又是諧趣和歌啊……」
菊川說：「既然在附近，不如就去那個備中國分寺瞧瞧吧。」
在一片平坦田野中，五重塔映入眼簾。備中國分寺雖是古剎，但據說現存的建築物是江戶時代建造的。
過了南門跡、中門跡，在山門前向右前方走，五重塔便聳立在眼前。感覺起來比想像的高多了。

「在奈良時代，全國各地都建造了國分寺對吧。」百合根對山吹說。

「對。聖武天皇認為佛教可以安定政治、保家衛國，所以在地方各國建立了國分寺和國分尼寺。備中國分寺應該也是其中之一吧。」

「好壯觀的五重塔啊。」百合根仰望著塔說。

「因為四周沒有高樓，可以感覺得到遠古的風情。」

「現在該是春花秋月的時候嗎？」菊川說：「我們是為了解開那首諧趣和歌還是什麼鬼的才來的吧。」

今天的菊川氣勢稍微好些了。

看來是關本不在，找回了平常的步調。

「是啊。」百合根對青山說：「你知道那首和歌是什麼意思嗎？」

「幹嘛問我？」

「因為剛才是你精彩解讀了第一首和歌的啊？」

「解讀的不是我，是翠。」

「沒有，我只是想到拍手聲而已。發現『ね』可以是『聲音』也可以是『樹根』的是你呀。」

翠接著也對百合根說：「看出『石屏風之間』指的不是房間而是在兩片石屏風中間的，也是青山。」

「碰巧而已……」

青山還是沒什麼精神。

提出要調查桃太郎傳說的時候，明明好奇心那麼旺盛的。

現在想起來，自從去找過湯原圭太之後，他就突然顯得無精打彩。

或者，應該說他陷入沉思才對……？

菊川不愧是刑警，把影片最後出現的和歌抄下來了。他讀出那首和歌：

「『刺股根、池木端、問路探究竟、勿忘觀其後』……。這比上一首更沒線索……。刺股，指的是那種武器嗎……。就是棒子一端開了兩個叉的……」

百合根說：「字數又不合了。」

菊川「咦」了一聲，看向百合根。

「『さすまたの、つけねのいけの、きのはし……』（註：和歌每句音節數分別爲五、七、五、七、七，共三十一音），字數不夠。我想是讀法的問題。就像第一首的『かしわでのおと』要讀成『かしわでのね』那樣……」

「我猜應該是『もく』。」

「『もく』……？」

「對。我猜不是『木の端』，一定是唸成『木の端』。」

「為什麼你會這麼想？」

「因為『池木端』，根本不知道在說什麼啊。」

「『木之端』你就知道嗎？」

「這樣意思就通了。」

「怎麼個通法……？」

「就是五行啊。」

山吹對這句話產生反應。

「陰陽五行的五行嗎？」

「對。」

青山說起話來仍舊有點乏力的樣子，繼續說：

「木火土金水五行。所謂的五行，相當於構成世界一切要素的五種性質。好比木火土金水也能用來指方位。木是東，火是南，土是中央，金是西，水是北……」

百合根說：「換句話說，唸成『木之端』的話，是東方邊緣的意思？」

「這樣意思就通了吧？」

「可是，你怎麼會覺得是五行的？」

「因為凶手留下了五行的象徵記號。」

「五行的象徵記號？」

山吹深深點頭。

「原來如此，就是刻在屍體上的星號啊。」

「對。」青山說：「一筆劃成的星號是晴明紋。也有人說是仿照桔梗而畫，但那本來就是代表五行相剋的形狀。」

「相剋……？」

青山一副懶得說明的樣子，山吹便代為說明：

「五行有相生相剋的關係。所謂的相生是陽的關係，會衍生出另一行，而相剋則是陰的關係，會抵消另一行。木生火，火生土，土生金，金生水，最後水生木。這是相生。而木剋土、土剋水、水剋火、火剋金，金剋木。這是相剋。將木火土金水以順時針排列，把其間的相生關係劃線連接起來，會形成一個圓。而若是以相剋關係來連接，就會形成晴明紋，也就是一筆而就的星號。」

山吹撿起一小根樹枝，在地上畫圖解釋給百合根聽。多虧他，百合根才總算明白了。

「原來如此……」百合根說：「凶手留下了代表五行的記號。青山先生注意到了，才說不是『木（き）の端（はし）』而是『木（もく）の端（はし）』啊。」

「問題是……」赤城難得發言：「那又是什麼意思？」

翠說：「水池的話，山門旁不就有一個？」

山吹點頭。

「那就是東邊了，去看看吧。」

菊川率先而行。百合根接著走。ST眾人隨後跟上。

「搞半天，原來是這樣……」青山說。

百合根問：「什麼？」

「那個啊。」

青山指的是一塊寺內地圖的導覽板，以黑底白字白線介紹國分寺。

百合根湊近看。

「刺股原來是指這條步道啊。」

看了地圖之後，百合根明白了。

步道在山門前一分為二。形成兩條弧線，一條通往五重塔，另一條則是百合根他們正在走的路。

路線正好形成刺股的形狀。而分歧點，也就是在「刺股根」的部分，水池正好就在那附近。

「而所謂的『問路探究竟』，意思就是去看這塊導覽板了。」

青山說：「『案內』古語發音為『あない』。當然應該要這樣唸，不然，字數就太多了。」

百合根說：「那麼，『勿忘觀其後』就是……」

「不如就照和歌說的，看看板子後面？」

百合根探頭往導覽板後面看。

有一個信封用膠帶黏在那裡。

百合根撕掉膠帶，拿起信封。裡面是一片小型的DVD。直徑八公分，是攝影機用的DVD。

「黑崎先生的電腦能播放嗎？」

百合根問，只見黑崎搖頭。

「沒有內建光碟機。」

菊川說：「那就只能先回署裡了……」

「是啊。」

百合根說，然後看了看時間。

下午快五點了。日頭已偏西，也許是時候該回去了。

於是一行人便決定回岡山西署的特命班。

8

傍晚時分，特命班的偵查員陸續回籠，個個都顯得更加積極熱切。

關本站在辦公桌前指揮，感覺是已經坐不住了。

「ST的各位，」關本一看到百合根便叫住他：「特命班已正式成為專案小組。小組長是田代刑事部長，副小組長是岡山西署的署長，主任是久米課長，我是副主任。」

然而，田代刑事部長和久米課長都不在場。看來，專案小組實質上的指揮也會一如以往，由關本負責。

關本繼續說：「大阪命案的嫌犯資料送到了。嫌犯現居地也是岡山縣，岡山縣津山市志戶部……。名叫坪山年男，六十五歲，是位退休國中老師。」

「六十五歲的退休國中老師啊……。和被害者的關係是……？」

「被害者奧野久則的公司在距離嫌犯住家約一公里的原野非法棄置礦渣。坪山算是地方居民發起的清除運動的領袖。」

「案發前，他們直接見過面嗎？」

「他曾經到被害者位於大阪的公司和住家談判。兩人見過面，對被害者的公司和住家附近的地理環境也有一定的認識。」

「拘捕的理由是？」

「嫌犯的行蹤。我們確定坪山年男上上個星期三到星期六人在大阪。他是開自家用車去的，所以能掌握行蹤。靠的是N系統。」

N系統是車牌資料庫。不是自動測速照相那樣的影像資料，而是文字資料。可以搜尋出特定車牌的車輛何時在何處。

「可是，光是這樣，不能確定他有關鍵性的嫌疑啊？」

「坪山對被害者奧野久則積怨很深。事實上，他快五歲的孫子不幸猝死，而他深信原因是礦渣造成的土壤污染。」

「實際上不是嗎？」

「目前土壤污染與坪山之孫病死之間的因果關係並沒有獲得證明。但問題是，坪山深信如此。大阪府警判斷這可能成為他的犯案動機。」

「他還沒有承認犯行吧？」

「目前正在偵訊。但大阪府警似乎很拚，無論如何都想要他認罪。不僅如此，還傳來情報，說神奈川命案的嫌犯也漸漸浮出水面。」

「是嗎。」

「你們那邊如何？有什麼關於失蹤的戶川雄生的線索嗎？」

百合根說了吉備津彥神社到備中國分寺的這段發現。

關本的表情沉下來。

「看來凶手完全是在玩遊戲……」

「這是備中國分寺的導覽板後面找到的DVD。」

「馬上就來看吧。」

關本要偵查員立刻操作電腦。
將光碟放進光碟機不久，那個偵查員便說：
「是影片檔。應該是用攝影機拍的。」
百合根和菊川盯著那台電腦的螢幕看。
「好像是某個神社。」操作電腦的偵查員說。
背後響起青山的聲音。
「八成是吉備津彥神社吧？」
百合根回頭。
青山根本連看都不看螢幕。
「的確是有點眼熟……」菊川喃喃地說。
百合根也覺得看似本殿的建築物似曾相識。最關鍵的，是一棵昂然聳立的杉樹。是平安杉，錯不了。
影片一度中斷，又和SD記憶卡那時候一樣，出現一張白紙。中央還是印出來的和歌。

鶴亀を背負いて柏手打ち鳴らし　　身是背龜鶴、手是拍手禮
伏して仰げよ眞夏の日差し　　俯仰盛夏光

偵查員把和歌抄下來交給關本。關本直盯著看。

「是吉備津彥神社沒錯。」百合根說：「『身是背龜鶴』指的多半是背對鶴島、龜島吧。至於行拍手禮，我想是面向拜殿的意思。」

「『俯仰盛夏光』呢……？」

關本皺起眉頭，看著便條紙說：

「我不知道『盛夏光』意味著什麼，但『俯仰』指的會不會是仰望拜殿的屋簷下呢？」

一名年長的偵查員說：「長官，『盛夏光』說的會不會是夏至……？」

關本問：「你為什麼會認為是夏至？」

「我曾聽說，吉備津彥神社的本殿，是正對著夏至當天日出的方位而建。」

「這就對了。」百合根說：「本殿朝著那個方向，那麼拜殿一定也是。」

總之，就是叫人面向建築俯低向上看。我想這是告訴我們信的所在。」

「也就是說，回到原點了？」

關本以無法理解是怎麼回事的表情說。

百合根也有同感。

他原以為只要循著訊息追下去，就會不斷往前。

然而，卻回到了原地。

百合根問青山：「青山先生為什麼連影片都沒看，就認為是吉備津彥神社？」

「因為有三個就夠了……」

「什麼意思？」

「就是，我們邊解謎邊進行到下一步所花的時間啊。」

「所以，這並不是指示凶手棄屍或失蹤者的所在地點？」

「對。我們只是追著凶手的訊息跑而已。」

「意思是說我們被耍了？」

「是啦，也可以這麼說。」

「為什麼……」

「目的應該是爭取時間吧。不過，這不是唯一的目的。我想，他是希望我們明白他的用意。」

赤城問：「為什麼要這麼拐彎抹角？有話直說不就好了？」

青山回答：「我想，恐怕是說了，凶手的身分就會立刻被揭穿。」

「可是，凶手希望別人把他找出來啊？你不是這麼說的嗎？」

「那是潛在意識。凶手是在挑戰警方和媒體。要是一下子就被知道是誰，不是很沒意思嗎？」

「果然玩遊戲玩得很開心。」

「很開心嗎……」

青山忽然又一臉憂鬱。百合根一直很在意這一點。

山吹說：「吉備津彥神社、楯築遺跡、備中國分寺……。無論從這三個地方的哪一處開始，都會繞一圈對吧？」

青山回答：「當然。」
百合根問：「為什麼是當然？」
「因為，他又不知道警方會先發現哪一個啊。」
「啊……」
百合根對自己的愚蠢感到有點丟臉。
的確，青山說的沒錯。
「原來如此。所以這是一個迴圈，無論從哪裡開始，都會往下一步走。」
青山點頭。
「就是這樣。」
「可是……」山吹說：「信、SD記憶卡、DVD這三者，未必只會發現一個啊。也有可能三個幾乎同時被發現。」
「對。就算這樣，對凶手來說也不成問題。警方必須思索各自的內容是什麼意思，要花時間才會想出這三者其實彼此相關。」
「原來如此……」

「而且啊，也許凶手很清楚無論發現哪一個都會造成轟動，所有人的注意力都會集中在那裡。畢竟同時發現三則訊息的狀況是不可能的。在發現了其中一個，就暫時不會去注意另外兩個。」

「所以這個遊戲的機制是，發現了三則訊息中的其中一則的那一刻，遊戲立即啟動。」

「凶手也許是這樣預期的。」

「問題是……」關本對百合根說：「戶川雄生是不是還活著。關於這一點，你怎麼想？」

「這個嘛……」

青山仍是一臉憂鬱，代為回答道：

「針對這一點，凶手並沒有留下任何訊息……」

百合根問：「大阪命案的嫌犯，有可能參與所有命案，是吧？」

回答這個問題的是關本：

「凡是綁架撕票，都不太可能是單獨作案。坪山極有可能夥同什麼人一起犯下其他命案。換句話說，坪山很可能是兇手之一。」
赤城表示同意。
「大阪的被害者奧野久則身高一百八，體重八十公斤，是屬於結實肌肉型。在被害者中體格最好，體力應該也不錯。一個六十五歲的退休老師要獨力殺害他，相當有難度。」
「那麼，」百合根說：「當大阪的嫌犯開始供認，案子的全貌就能水落石出了。」
關本用力點頭。
「各專案小組都對這個突破點寄予厚望。」
誰料，青山說：「我看很難……」
百合根不禁皺眉。
「怎麼說？」
「的確如赤城先生說的，不太可能是單獨犯案。從這一點來看，大阪的嫌犯也許涉及了另兩起命案。可是，不知道他和目前正在發生的這起案子有無關聯。只要破解不了這個案子，就無法揭開案件的全貌。」

關本一臉不可思議地看著青山。

百合根也不明白青山在想什麼。

「你有什麼根據，認為大阪命案的嫌犯坪山年男與這次的案子無關？」

「我沒有說他無關啊。我只是說，也有無關的可能性。」

「所以，你的根據是？」

「和犯人的特質不一致。」

百合根更不懂了。

「這麼說，現在這起案子的犯人，人物側寫已經出爐了？」

「沒有到人物側寫那麼誇張。這次的犯人向警方挑戰，然後，發出訊息，而這些訊息裡包含了謎題。那個退休老師坪山年男是嗎？他因為孫子死了，怨恨大阪的被害者奧野久則不是嗎？大阪的專案小組也認為這是他的動機。這樣的話，他在殺害了奧野久則那個時候，應該就滿足了。」

赤城說：「你是說，他沒有理由繼續發一些拐彎抹角的訊息給警方？」

「沒錯。」

即使如此，還是說服不了百合根。

「可是，如果凶手不止一個，那麼不光是坪山年男的想法，也許還有集團的目的。」

青山又露出憂鬱的神色。

「我覺得坪山年男只是被利用了。」

百合根看著青山的表情，不忍心再繼續問下去。他甚至覺得過去好像沒看過這樣的青山。

心情不好不稀奇，因為他就像個孩子般善變。

可是，這次不是心情不好。

正當百合根沉默時，關本問青山：「能不能告訴我們現階段已知的犯人特質？」

「就像我說過的啊。他向警方挑戰，潛意識卻又希望早點被揪出來，因此才留下了許多謎樣的訊息。雖然不想被逮捕，卻又希望案子趕快結束。他心中有這樣的二律背反。」

「心中矛盾的犯人……」

「可是，不止這樣……」青山聲音微弱地說。

「不止這樣……？」

「要如何讓案子結束？犯人應該連這個都考慮到了。」

關本微微偏頭。

「找出嫌犯，加以逮捕。這樣應該就算解決了吧。」

「犯人不是這樣想的。」

「怎麼說？」

針對這個問題，青山沉思了片刻。

終於，他說了：

「犯人計畫了三起命案。也許他沒有直接動手，但是，的確計畫了命案並付諸實行。這是對警方下的挑戰。然後，犯人不斷發出訊息。這並不是單純好玩取樂，他是拚盡全力。當警方解讀了這些訊息，對犯人而言，案子就結束了。然而，他不想輸給警方。犯人希望讓案子以絕對不輸給警方的形式結束。」

「所以是什麼形式……？」

「自殺啊。只有這條路了。」

這句話對百合根造成了衝擊。

關本以及在他身邊聽青山說話的人們，也出現了同樣的反應。

「可是……」關本說：「戶川雄生被綁架了啊？」

「應該是。」

「試圖自殺的犯人卻綁架了別人，這該怎麼解釋？」

「我就是不明白這一點……」

青山痛苦地、表情略微扭曲地說：

「他沒有必要綁架的。……應該是說，我不明白他綁架的理由。所以，找不出完整的犯人特質，人物側寫不成立。這種情形是第一次……」

這句話也對百合根造成衝擊。

這是他第一次聽到青山示弱。

9

在偵查會議上，全體偵查員分享了目前為止所有的情報。偵查會議結束時，已是晚間八點。多數偵查員都選擇回家。

百合根倒是有些驚訝。

如果是警視廳的專案小組，幾乎所有偵查員都會留下來過夜。想休息的時候，也是在專案小組所在的轄區柔道場等地鋪個墊子小憩而已。

這也是地方與東京的不同嗎。

百合根思索著青山說過的話。

犯人絕對不會輸給警方的辦法。依照青山的說法，唯有自殺一途。

青山身為心理學者，說出來的話很有說服力。事情未必會如青山所言，但百合根認為機率很高。

所以青山才會顯得那麼憂鬱嗎？如果案子的結果正如青山所料，那麼任誰都會憂鬱。

現在，ST留在專案小組也無事可做。偵查員大多都回家了，百合根心想，ST應該也可以回飯店吧。

正想這樣告訴赤城的時候，一個接了電話的偵查員大聲宣布：

「神奈川拘捕了命案的嫌犯。」

關本立刻回道：「立刻請他們傳送所有詳細資料。一切比照大阪案。」

「了解！」

百合根心想，錯過了回飯店的時機。

難得的是，青山也沒有吵著要走。

在拘捕嫌犯的消息之後，資料透過傳真、電子郵件陸續送來。眾管理官聚集在關本四周看資料。

關本讀出其中一張資料：

「嫌犯名叫梶田勇。木字旁加上尾張的尾，田地的田，勇氣的勇。

四十五歲，居無定所，沒有工作，以前是幫派分子。與被害者前原真知子有金錢糾紛。」

「金錢糾紛……？」其中一個管理官問。

關本看了另一張紙，然後回答了這個問題：

「前原真知子背負巨額債務，其中也包括了地下錢莊的借款。嫌犯梶田勇負責討債，然而，前原真知子一概不還。梶田勇因此顏面掃地，因而不止一次鬧出糾紛，也曾鬧上警局。這些記錄便成了線索。」

「幫派分子來討債嗎……」其中一名管理官說：「金錢糾紛發展成殺人是極有可能沒錯……可是，這會是計畫殺人的一環嗎？」

關本點頭。

「換句話說，可以視梶田勇和坪山年男同在凶手集團內。與兩個專案小組聯絡，要他們查出梶田勇和坪山年男的關係。」

其中一名管理官立刻打電話給大阪府警和神奈川縣警。

另一個管理官自言自語說的話，被百合根聽到了。

「退休老師和前幫派分子嗎……。感覺沒什麼交集啊……。年紀也差很多。」

關本回答：「去查，也許會查出什麼。退休老師和前幫派分子認識也不是什麼新鮮事。」

「是……。梶田勇居無定所，但主要地盤大致是哪一帶？」

「現在沒有詳細資料，但既然要去向前原真知子討債，多半是以東京為根據地。」

「混幫派的時候是在哪裡？」

「這個資料裡有。是東京新宿區的板東連合系的三次團體。」

「坪山年男家住津山吧。住的地方也離很遠，他們之間會有交集嗎？」

「所以才要查啊。」

與大阪府警和神奈川縣警通電話的管理官氣鼓鼓地掛了電話。

看他那個樣子，關本問：「怎麼了？」

「大阪和神奈川都說忙自己那裡的案子就忙不過來，叫我們岡山自己查……。還說，就是為了叫我們查，才逐一傳資料過來的。」

另一位管理官說：「說什麼自己的案子就忙不過來……這樣就沒辦法弄清案件的全貌了啊……」

關本說：「也是，好不容易才拘捕了嫌犯，難怪他們會這麼說。調查案件之間的關聯，本來就是特命班的工作。」

與大阪府警和神奈川縣警通電話的管理官罵也似地說：「我們手上也是有戶川雄生的案子，才正式成為專案小組的。人手實在不夠啊。」

「抱怨叫苦也不是辦法，只能硬著頭皮幹了。有必要的話，也可以出差。」

眾管理官都神色黯然。人手不夠要怎麼出差呢，也許除了刑警，還必須從地域課和交通課調配人手。

警視廳的專案小組也一樣，當轄區人手不足時，會採取這種作法。只是，沒有辦案經驗的人員無論增加多少，對戰力的幫助都很有限。

「那個……」菊川對關本說：「我也可以加入這邊的偵查……」

關本吃驚地看菊川。

「你不都是與ST共同行動嗎？」

「平常是共同行動沒錯，但遇到這種場合，分頭行動也是不得已的。」

關本頭一次直視菊川的臉。

「有警視廳搜查一課的你伸出援手，是最好的救兵。」

「只是多了一個偵查員而已。」

關本問百合根：「可以嗎？」

百合根點頭。

「當然可以，不用擔心我們這邊。」

關本對菊川說：「那麼，請加入調查三起命案嫌犯的小組。首先，要徹底調查送來的資料。有必要的話，要請你趕往當地。」

「了解。」

關本向菊川介紹了負責的管理官，菊川便立刻投入作業。

百合根認為菊川加入命案的偵查，在這個狀況下是很妥善的作法。

但，儘管是暫時，與平常總是一起辦案的菊川分頭行動，百合根總不免有些心慌。

過了三十分鐘。

這次傳來東京命案拘捕嫌犯的消息。

嫌犯名叫瀨川康彥，三十五歲，是個自由作家。住在東京都狛江市。

他為追查塵肺問題，曾數度採訪被害者正田祿太郎的公司。當時因此而受到正田祿太郎等人糾纏不休的惡意刁難，因而心生怨恨。

百合根覺得就殺人動機而言未免薄弱了些，但那是指單一犯的狀況。現在，瀨川康彥可能也是集體犯罪中的其中一人。

根據凶手留在屍體發現現場、指出下一起命案屍體所在地的訊息，可以確定三起命案是連續殺人案。

既然如此，各命案的嫌犯之間應該有交集。

三個嫌犯都被拘捕了。

這三個人與綁架戶川雄生的犯人是什麼關係？

青山說，那個犯人會以自殺來結束這一連串的案件。
青山還在苦思之中，他無法掌握犯人的特質。
百合根一直認為青山是某種天才。他的確很任性善變，但也許那是因為身為天才才會有的善變。
他經常敏銳地洞察事物的本質。也許他看似在發呆，其實頭腦正以令人目不暇給的速度運轉著。
同時，他無疑是個心理學的專家，人物側寫的高手。
而這個青山，這次卻十分混亂。
「實在怎麼樣都覺得不對勁啊……」山吹說。
ST個個都露出疲態。
翠懶洋洋地看向山吹。
「不對勁是哪裡不對勁？」
「青山說，綁架戶川雄生的犯人，心懷某種異常的念頭。他挑戰警方，留下謎樣的訊息，最後會以自殺讓警方大吃一驚。這樣的確不尋常。同時，三起命案的嫌犯都被逮捕了，個個都有顯而易見的動機。這三個嫌犯和綁架戶川雄生的犯人之間有何關聯，我怎麼都想不通。」

翠說：「綁架戶川雄生的犯人，就是計畫了包括三起命案在內的所有案件的人吧。換句話說，就是一切案件的主犯。」

「妳是說，是三個實行犯配合主犯的念頭……？」

「也不是配合，應該是被利用了吧？」

「利用……？」

山吹睜大了眼睛：

「要怎麼被利用？為了錢嗎？三名嫌犯各有動機。和翠說是主犯的犯人相比，他們的動機都很容易理解。可是，各自的動機雖然容易理解，我卻覺得很薄弱。」

百合根邊聽山吹説話邊觀察青山。

青山看起來不像在聽山吹説話，但他不可能沒有在聽。

「有時候即使旁人看起來動機薄弱，對本人來說卻極其重要。」

「是啊，這種情況也不是沒有……」赤城說：「尤其最近社會又有為了一點小事就動手殺人的傾向……」

「可是……」山吹對赤城說：「從三起連續殺人到這次的綁架案，這些案件都是經過精心策畫，和衝動殺人不同。」

「所以，就像翠說的，實行犯只是被利用了吧。」

「我就是不明白這一點。一個人，應該不會隨便做出殺人這種大事才對。」

赤城皺起眉頭。

「這工作你做幾年了？殺人又不是什麼稀奇的事。命案每天都在發生。」

「話是沒錯……，可是，我實在無法想像主犯和三名嫌犯的關係。」

「因為訊息啊。」青山說。

其他ST成員和百合根的視線都集中在他身上。

果然大家說話他都有在聽……。

百合根邊這麼想邊問青山：

「訊息……？」

「對，這個案子充斥著大量的訊息，犯人要我們一一解開。也許這才是犯人下的挑戰。」

「什麼訊息？」

「最大的訊息，是刻在屍體上的『桃太郎』文字和晴明紋。從楯築遺跡發現的SD裡的和歌，也可得知那個星號代表陰陽五行……」

「那，其他還有什麼訊息……？」

「和歌本身在指出地點的同時，應該還包含了什麼訊息。」

「你覺得是什麼樣的訊息？」

青山不答，轉而問山吹：

「問你喔，你對陰陽五行很熟？」

「這個嘛，只知道一個大概……」

「大概是什麼程度啊……」

「像是木火土金水各自對應的方位和顏色……。好像也對應到五臟。木是肝，火是心，土是脾，金是肺，水是腎……」

「幾乎世間萬物都能對應到五行不是嗎？從香臭、酸甜苦辣這些感覺，到動物、花草果實、飛鳥蟲魚……」

「好像是。在網路上搜尋一下，應該會有解說詳盡的網站吧。」

百合根總覺得山吹給人的印象跟網路扯不上關係。然而，仔細想想，山吹是科學家，應該平常就大量利用網路才對。

先不提這個，青山為什麼會突然說起陰陽五行呢？百合根很好奇。

青山顯然想用電腦。但此刻，所有的電腦都有偵查員在用。

百合根問青山：「查陰陽五行，是跟辦案有關吧？」

「當然啊。」

百合根點點頭，走近關本。

「不好意思，我們青山說想借用一下電腦……」

關本當下便說：「有沒有誰比較不急的，把電腦讓給ST的人。」

專案小組應該沒有人不急的。雖然沒有人馬上離席，但過了不久，一位年輕的偵查員站起來。

「我的作業結束了，請用。」

百合根道了謝。

青山立刻坐在電腦前，開始操作電腦。

「這裡的網路，沒有設限吧？」

百合根回答：「這裡不是一般企業，應該沒有吧。」

青山在搜尋網站輸入「陰陽五行」，出現了很多網站。他點開了幾個，找到了滿意的網站。

「喔，這個好厲害……」

那一頁是「陰陽五行對照表」。百合根看了也很吃驚。

網頁一共列出了五十幾個項目，全都與木火土金水對照。

例如四神這個項目，木是青龍，火是朱雀，土是黃龍與麒麟，金是白虎，水是玄武。

百合根瞬間想到，明明是五行，為什麼是四神？但很快就發現，所謂的四神是掌管四方之神，而對應中央的土，則代表皇帝。

所謂的五方，正如青山和山吹説過的，代表方位。五季則是季節。木是春，火是夏，土是土用，金是秋，水是冬。

五官方面，木是眼，火是舌，土是口，金是鼻，水是耳。五味方面，木是酸，火是苦，土是甘，金是辛，水是鹹。

説到五氣，木是風，火是暑，土是濕，金是燥，水是寒。

也有五畜：木是雞，火是羊，土是牛，金是狗或馬，水是豬。五穀當中，木是麥，火是黍，土是粟，金是米，水是豆。（註：五季、五畜與五穀，跟我國的說法略有出入。）

還有五佛、五如來等等，但這肯定是後世才硬配上的。因為再怎麼想，陰陽五行的思想都比佛教古老。

「原來如此……」青山說：「來看看這個。」

百合根看了青山用游標指向的地方。

是五果的地方。木是李，火是杏，土是棗，金是桃，水是栗……。

百合根不禁低聲說：「原來桃是金啊……」

「對。桃太郎的桃，在陰陽五行中屬金。」

「這有什麼意思……？」

「被害者全都和陰陽五行的金有關。」

「咦……？」

百合根試著回想是不是這樣。

「原來如此……」

背後響起山吹的聲音，百合根便回頭。山吹等ST的成員也都跑來探頭看電腦螢幕。

山吹說：「第一個被害者正田祿太郎，在礦山公司服務。礦山當然與金屬有關。第三起命案的被害者奧野久則，是產業廢棄物業者，非法傾倒礦渣。礦渣是煉鐵的過程中產生的，所以這也與金屬有關。但是，第二起命案的被害者前原真知子呢……？她是美體沙龍的老闆吧……」

「那個美容集團叫什麼名字？」

被青山一問，山吹握拳捶了手心。

「維納斯沙龍……。金星。和金有關……」

「被綁架的戶川雄生呢？」

赤城對青山說：「我記得他是水產加工公司的董事，這和五行的金無關吧？」

「戶川雄生的公司因為在食品中使用不得添加的漂白劑，而造成社會問題。漂白，就是白色。用顏色來看五行，白色屬金。」

「總覺得很牽強啊……」

「很可能就是硬湊的。可是，犯人做了這樣的選擇。」

「選擇……？」

「對。就連被害者的背景特色，對犯人來說也是訊息。」

百合根不得不暫時好好思索青山這句話。

「的確，聽你這麼一說，也許被害者都與五行的金有關。可是，這又是什麼訊息？」

「這就要問刻在屍體上的文字和記號了。」

「『桃太郎』和晴明紋嗎？」

「對。換句話說，每一個被害者都是桃太郎。」

「那是什麼意思……」

其他成員也都以無法理解的表情看著青山。

「不要這樣看我。這又不是我說的，是犯人說的。」

「所以，到底是什麼意思？」

「我還不知道。」青山說。

百合根很失望。

「不過，犯人的的確確是留下了這樣的訊息。」

百合根又忍不住思考起青山的這句話。

10

午夜零時已過，仍未接獲三名嫌犯供認的通知。

也沒有戶川雄生的相關消息。鑑識人員正在分析吉備津彥神社發現的信、楯築遺跡發現的SD記憶卡，以及備中國分寺發現的八鳖米DVD，但仍未有值得注意的犯人相關資料。

一名管理官說：「綁架犯沒有聯絡，這是怎麼一回事？」

關本面露疲勞之色，以苦澀的神情說：

「因為他的目的不是錢。」

「那麼，是什麼……？」

關本不答。

因為他不想答。百合根明白他的心情。

就過去三起命案看來，不難想像綁架的目的是殺害。青山說這起案子是特別的，但無法保證他說的就一定不會錯。

關本向百合根說：「凶手通常會預告下一起命案屍體的發現地點。但找遍了第三起命案預告的地點，卻沒有關於戶川雄生的線索。只是叫我們去跑了吉備津彥神社、楯築遺跡、國分寺。這……」

關本似乎是為了選擇用詞，在這裡停頓一下後說：

「這可以視為戶川雄生有可能還活著吧？」

百合根回答：「不知道。青山說，犯人沒有綁架的必要。然而，綁架卻發生了。」

「真的是綁架嗎……」

一名管理官喃喃自語般說。關本朝向他看。

管理官注意到他的視線，趕緊說：「不是的，的確是失蹤了，但又沒有犯人出面說是綁架……」

「從過去三起命案來看，也知道是綁架啊！」

關本以斥責的語氣說。

人人都很浮躁。

管理官縮起脖子說：「是啊，是這樣沒錯，可是ST的同仁也說，犯人沒有綁架的必要啊？」

「並不是所有的犯罪都是在有必要的情況下發生的。」

「是……」

那個管理官不敢再說。

關本問百合根：

「第三個屍體發現現場找到的觀光簡介，的確是吉備路的沒錯。可是，我們並沒有從那裡得到關於戶川雄生行蹤的線索。會不會是我們錯漏了什麼？線索會不會是藏在我們發現的信和記憶載體以外的地方？」

百合根不知如何回答，便轉去看青山。

青山口中念念有詞，聽不清他在說什麼。

百合根問翠：「青山在說些什麼？」

翠回答：「他說，如果不是綁架的話……」

青山的神情顯得更加憂鬱了。

百合根對青山說：「可以回答一下關本先生的問題嗎？」

青山以大夢初醒的表情轉頭面向百合根。

「什麼……？」

「就是，除了我們找到的信和記憶載體等訊息，會不會還有錯漏的線索……」

「我想是沒有了。光是留下那些訊息，犯人應該就已經很吃力了。」

關本問青山：「那麼，犯人要我們跑吉備津彥神社、楯築遺跡、國分寺這些地方，用意何在？」

「應該是想讓我們到與桃太郎有關的地方走走。」

「所以啊，到底為什麼……」

「他想要我們針對桃太郎，也就是吉備津彥好好思考。這就是犯人的訊息。」

「我實在搞不太清楚……」

「我也還搞不清楚啊。」

百合根有種被打發的感覺。

「你剛說，如果不是綁架的話？」

「對……。這是假設喔。我在想，如果不是綁架，能不能解讀這個案子……」

「那，結果如何？」

「的確有這個可能性。可是，這樣的話，犯人和戶川雄生之間的關聯就完全無法解釋了。」

「關聯……？」

「犯人和戶川雄生一定有關聯。所以，我們之前才會以為綁架的可能性最高。」

「是啊，是這樣沒錯。」

「如果，不是綁架的話，犯人和戶川雄生會有什麼關聯呢……。我是在思考這件事的可能性。」

「然後……？」

「我發現了一個關鍵。」

「是什麼？」

「我對戶川雄生幾乎一無所知，這樣根本無從思考。」

百合根又覺得虛脱了。但的確是很有青山的風格就是了。

關本對百合根說：「夜深了，請回飯店休息吧。」

「專案小組是不眠不休的啊？」

「不輪流休息，鐵打的身體也撐不住。一有什麼消息會與幾位聯絡的。從飯店開車過來不用十分鐘，回家休息的偵查員也是在十分鐘之內就能趕到。」

原來如此，是這麼一回事啊——百合根恍然大悟。

是因為地方城市工作與住家的距離比東京來得近，所以才不必硬要在專案小組過夜。

本來，當辦案接近最後的緊要關頭，應該每個人都不眠不休才對。

百合根心想，不如就順著關本的好意，回飯店吧。

青山沒有吵著「我們回去吧」反而令人擔心。他顯然比平常用了更多力，卻無意休息。

百合根赫然驚覺。每當青山說「我們回去吧」的時候，會不會就是問題在他腦海中已經大致有答案了？

而這次，他腦海中的混亂仍持續著。這時候，也許硬逼他休息反而比較好。如果是單純的作業，熬夜也不會有太大的影響。睡眠不足影響最大的，是動腦的工作。

疲勞的頭腦，想不出什麼好主意。

百合根對赤城說：「ST請回飯店休息。」

「也好……」青山說：「不過我們需要戶川雄生的詳細資料。」

百合根對青山說：「明天再說吧。」

「那可能會來不及。」

「偵查員都拚命在追查他的行蹤。有任何消息，都會立刻聯絡我們。」

「你們平常都急著要工作，這次是怎麼了？太奇怪了吧。」

奇怪的是你——百合根好想這麼說。

「總之，請好好休息。讓腦子充電一下。」

「戶川雄生的事很緊急吧？」

「找出他的所在是第一要務。可是，調查戶川雄生的個性，推敲他與犯人的關係，這些明天再做就可以了。」

「反正我就算回飯店也睡不著。我寧願在這裡工作！」

這實在不像青山會說的話。到底是怎麼了？他看起來很著急。到底在急什麼？

的確，若弄清楚戶川雄生與犯人的關係，對辦案會有所幫助。但百合根覺得那不是關鍵資料。

百合根對赤城說：「請幫忙說句話。」

「我們要回飯店，你就自己留下來。反正我們也沒事做。」

百合根慌了。

「不，我不是這個意思，請帶青山一起回去。」

「才不要。」青山說：「我不回去。」

「青山先生，這次的工作都要仰賴青山先生。犯人的人物側寫，還有找出犯人的目的，推測犯人與戶川雄生的關係……。這些，全都要靠青山先生。」

「所以我不是說我要留下來工作嗎。」

「現在的青山先生很混亂。在這種狀態下，再怎麼絞盡腦汁也不會有好的思緒。」

「我才沒有混亂。」

「那只是你自己這麼認為而已。」

「部下都說想工作了，普通上司哪會阻止？」

「那要看時間和場合。ST不是偵查員，但是，我相信我們在辦案搜查上扮演了重要的角色。而這個角色，就是動腦。經常保持在能夠發揮實力的狀態，也是ST的重要任務。」

「就算熬夜一晚，對我來說也不算什麼。」

百合根問赤城：「以醫生的立場，你認為現在的青山狀況如何？」

赤城看看青山，想了想。終於，赤城說：

「也許真的需要休息。」

青山一臉難以置信地看著赤城。

「需要休息的，是關本先生和管理官吧？」

「頭兒也說了，他們是偵查員，跟我們不一樣。」

「關本先生和管理官的立場，也是必須做出重要的判斷不是嗎？在用腦這一點是一樣的。」

百合根覺得不可思議，青山為何如此堅持。然而，到了這一步，百合根也意氣用事起來。

「總之，今天請休息。」

「我心裡很不安。」青山說：「我覺得一定非盡快處理不可。」

不安這個詞，令百合根吃了一驚。

青山都是依邏輯來說話的。即使看似離奇的發言，背後也一定有邏輯支持。

會說不安，果然很不像青山。
然而，百合根也認為不能忽視。
青山的確感覺到有什麼不尋常。
截至目前為止，青山對案情相關的種種謎題均加以考察。就這方面來看，可以說他對案件的背景比誰想得都多。
因此青山的話很有分量。
「不安……？」山吹問青山：「這是意味著，青山先生的潛在意識有什麼訴求嗎？」
「也許是如此。也許我已經發現到什麼了。」
山吹對百合根說：「青山先生難得這麼堅持，頭兒覺得呢？不如再多留一會兒，讓青山先生工作……」
山吹一開口，百合根就很難反對。會情不自禁被山吹委婉地說服。
百合根決定讓步。
「我明白了。青山先生，你需要什麼？」

青山又恢復了懶洋洋的態度，說：「關於戶川雄生的一切。現在，這個專案小組有的所有資料。」

百合根點頭。

「我去拜託關本先生。」

百合根走近關本的座位，說：

「我們需要關於戶川雄生的所有資料……」

關本臉上閃現訝異之色。

「為什麼需要綁架被害者的資料？」

「為了了解他和犯人的關係。」

關本臉上出現了一絲不耐的神色。

他一直對ST鼎力協助，所以百合根認為會有求必應。一不小心就忘了原本偵查員和ST通常是合不來的。

關本一定也累了。大半夜的，外來的人跑來跟他要資料，也難怪他會不高興。

「不好意思。」百合根說：「我知道你們很忙……」

關本愣住了，看著百合根。

「這是哪裡的話，忙是大家都忙啊。我剛才是在想，什麼資料會在哪裡。」

聽他這麼說，百合根鬆了一口氣。

也許關本只是讓彼此有台階下。

然而，這也就表示百合根又讓他費神了。

關本對一名管理官說：「你聽到了吧，需要關於戶川雄生的資料。」

「搜查會議用的資料應該已經給過了……」

關本問百合根：「需要更詳細的資料是不是？」

「是的。」

管理官和關本不同，露骨地表現出他的不耐。

「我必須去蒐集報告和筆錄……」

偵查員會在會議中發表訪查得到的資料，加以記錄，並將其中公認重要的資料寫在白板上，或印出來貼在牆上。

那上面經常也會貼照片。事實上，這個專案小組也貼了命案被害者的照片。嫌犯的照片則還沒送到。

偵查員會將這些筆記和會議時發的基本資料，以及會議上公布的內容抄下來，整理成自己辦案時用的資料。

所以，偵查員大多抱著一本厚厚的活頁資料夾。電視劇裡常看到刑警用記事本做筆記，但那點東西根本不夠用。

報告和筆錄裡應該網羅了這些資料，還包括詳細的記述。

關本對管理官說：「派人蒐集就好。」

「是。」

管理官叫來一個年輕偵查員，命他去辦。

「不好意思。」

百合根又說了一次。

往ST的成員那邊看，只見青山呆呆地眺望遠方。

年輕偵查員抱著檔案夾來到百合根身邊，是三十分鐘後的事。百合根心想：原來找資料這麼耗時費事啊。

他一直以為，報告和筆錄都保管在搜查幹部身邊。

本來應該是這樣的。然而，專案小組是個活動頻仍的地方。只要有必要，資料會被帶出去，也可能在幹部之間傳閱。

「我想，全部都在這裡了……」年輕偵查員說。

百合根盡可能客氣地道了謝，然後把東西交給青山。

青山把收到的資料重重往散亂的桌上一放，立刻讀起來。他再次埋首其中。

百合根第一次看到青山如此長時間保持專注。

也許情況就是這麼緊迫。一定是有什麼把青山逼得這麼急，百合根很關心。

ST的其他成員一定也感覺到了。

他們都刻意不去打擾青山，只是傳閱青山看完的檔案。

「他有一個小他一歲的太太，一個孩子。二十五歲的兒子。」

赤城邊看檔案邊說：

「哦……上面寫著家庭感情不太好。二十五歲的兒子是啃老族，夫婦關係降到冰點。這是鄰居說的。」

百合根說：「報警協尋的，不是家人嗎？」

「記錄上說是公司的人事部。他連續兩天無故缺勤，所以公司跟他家人聯絡。他人也不在家，所以又等了一天，才報警……」

報告的記述非常詳盡。現場報告也是這樣。

警察的工作中，記錄的行為占了相當大的一部分。

協尋失蹤人口案其實不怎麼被看重。在有明確的危險之前，警方不會真的出動。

偵查員各自有案件要處理，外出尋人的工作無論如何就是會被延後。

事實上，過了幾天當事人突然現身的情形也相當多。

然而，這次協尋戶川雄生的要求立刻被送到特命班並展開搜查，這是因為警方推測他的失蹤與過去三起命案有關。

「鄉土史研究會……」

青山突然說話。百合根等人都看著他。

「怎麼了？」

青山看著百合根。

「戶川雄生參加了鄉土史研究愛好會之類的組織。」

「人各有所好，沒什麼好奇怪的啊。」

青山焦躁地說：「在岡山而且興趣是鄉土史，那他當然很了解桃太郎傳說。」

這是非常有可能的。然而，百合根認為這並不重要。

他覺得，只要是住在岡山的人，當然會知道桃太郎傳說，也就是吉備津彥與溫羅之戰。

然而，青山卻對這件事情非常執著。

翠對青山說：「你是說很了解桃太郎傳說，是他被綁架的原因……？」

「這應該是他和犯人很重要的交集。要知道，犯人不斷發出與桃太郎傳說有關的訊息，而失蹤的戶川雄生又熟悉鄉土史。換句話說，我們可以推測他對桃太郎傳說也知之甚詳。」

百合根說：「也就是說，犯人和戶川雄生有可能認識囉？」

赤城若有所思地說：「這一點，偵查員應該也注意到了吧。他們應該查過戶川雄生的交友關係，像是身為同一個鄉土史愛好會的會員……」

「不必是同一個愛好會的會員。」青山說：「犯人只要知道戶川雄生熟悉鄉土史就行了……」

百合根說：「要怎麼知道一個素不相識的人的興趣？」

「正因為是興趣，才容易知道。靠網路啊！現在有部落格和社群網路，公開自己的興趣一點都不稀奇。」

「那麼，犯人和戶川雄生是透過網路有了交集……」

「這很可能是他們最初認識的機緣……」

事情需要佐證。百合根立刻去找關本。

「戶川雄生很可能在網路上針對他的興趣鄉土史發表了什麼文章，這方面特命班是否調查過？」

關本點點頭。

「我們知道他在某個社群網站中，參加了與岡山縣鄉土史有關的社團。」

「是會員制的嗎？」

「是的。不過雖然是會員制的，但會員太多，所以事實上形同一般公開了……」

「希望你們能追查過去曾登入那個社團的人……」

青山的聲音從背後響起，百合根回頭看。

不知何時，青山就站在他身後。

關本問青山：「為什麼有這個必要……？」

「如果登入社團的人當中有我們認識的名字，那麼那個人很有可能就是犯人。」

關本的表情沉下來。

「要查是可以，但要網路管理員交出會員資料就有點麻煩了。畢竟那是個資，而且，也不知道網路上登錄的個資的真實性。就算犯人真的登入過，我想他更有可能並未表明真正的身分。」

「就算是這樣，還是要試試看。這是找出犯人的線索……」

好幾位管理官開始聚集在關本身邊。

他們的臉色都一樣沉鬱。因為他們都深知涉及網路的犯罪，調查起來有多麻煩。

法院的命令對網路服務供應商或伺服器管理公司具有當然的強制力。然而，信用對網路服務供應商和伺服器管理公司比什麼都重要。所以，他們不會輕易交出會員資料和登入記錄。

再加上關本所說的，網路上的匿名。在網路上，要假冒他人太容易了。要隱瞞身分非常簡單。

這些青山應該也很清楚，但他還是要求調查。

這樣會不會只是一頭闖進迷霧之中？百合根感到不安。

關本向一名管理官說：「立刻著手安排。」

「視狀況，會需要法院命令……」

「那就去申請。這極可能是綁架案，法院應該也會同意的。」

管理官召集幾名偵查員，開始下令。但是，表情並不明朗。想必是對即將展開的繁雜手續和面對茫茫網海感到空虛。

不知何時，青山已回到自己資料散亂的位子，再次看起資料。

ST的其他成員也看著檔案，但看來不像青山那麼投入。像赤城，顯然是大致瀏覽而已。

「啊，是這個嗎……」

在不遠的地方，有人發聲。

是一個坐在電腦前的偵查員。負責的管理官以不悅的聲音問：「什麼東西？」

「啊，是戶川雄生參加的鄉土史社團。」

管理官的聲音顯得更加不悅了。

「誰叫你去看那個？」

「對不起……」

青山站起來。

「等等，讓我看一下……？」

管理官和偵查員同時往青山看。

看到這個情形，關本說：「讓他看看。」

偵查員讓出位子。青山盯著螢幕。

「看來是這個社團沒錯……」

青山頻頻移動滑鼠，緊盯螢幕。

百合根和其他ST成員也看著畫面。

「是公開的社團。也就是說，只要是會員，誰都可以進去……」

看樣子，青山正一一查看社團登錄的每一個社員的個人檔案。社員約有三十人。

青山的手停了。

只見他像被釘住了般望著畫面。百合根朝螢幕看，青山正看著某個人的個人檔案。

「暱稱『烏羅』。」青山喃喃地說：「本名，湯原圭太……」

「湯原圭太，喔，就是我們白天去請教過的那個退休警官嘛。」

青山不答，在思索著什麼。

百合根繼續說：「他的興趣是鄉土史，就算加入這個社團，也沒什麼好奇怪的吧。」

青山回頭。

「你忘了我說的話嗎？」

「什麼話？」

「登入戶川雄生的鄉土史相關部落格或參加的社團的人當中，如果有我們知道的人的名字，那個人就是犯人的可能性很高……」

百合根大吃一驚。

「你是說湯原圭太先生就是犯人？怎麼可能……」

青山不理百合根，對關本說：「現在沒有必要拿法院命令去找網路業者了。」

關本訝異地看著青山。

「請等一下。」百合根慌張地說：「萬一湯原先生就是犯人，不是不應該這麼輕易就被查到嗎？」

「頭兒也說了，就算湯原先生的名字出現在這裡也沒什麼好奇怪的。如果不是滿足了好幾個條件，在這裡看到他的名字我也不會覺得有異樣。」

「好幾個條件？什麼條件？」

「首先，三起命案的被害者全都與岡山縣有關。而且，也與陰陽五行的『金』有關。被害者屍體上刻的『桃太郎』文字和晴明紋，都暗示著與岡山桃太郎傳說和陰陽五行有關。換句話說，犯人與岡山有密切關係，對桃太郎傳說，也就是吉備津彥與溫羅的傳說知之甚詳，是個精於桃太郎傳說和陰陽五行的人。」

百合根在腦海中整理青山說的話。

「這裡我還能理解。」

一回神，關本已來到百合根旁邊。

四周的管理官和手上正好空下來的偵查員都聚過來，靜聽百合根和青山的對話。

青山說：「我們現在知道，被綁架的戶川雄生也住在岡山，同時愛好鄉土史研究，這是他與犯人的共通點。再來，只要找出犯人與戶川雄生的交集就行了。而現在我們找到那個交集了。」

「道理上好像說得通……」

「不是好像，是除此之外沒有別的道理了。」

「可是，光是這樣就要把湯原先生當成嫌犯，我覺得不太妥當。」

百合根強烈意識到旁邊的關本。關本什麼都沒說，在鬆一口氣的同時，反而好奇他在想什麼。

「犯人還要符合另一個條件。犯人向警方挑戰，所以對警方應該懷有特殊的情感。湯原先生是以相當不自然的形式辭去警職的吧？」

「可是……白天見到他的時候，完全感覺不到他對警方有任何負面的情感啊。他非常合作不是嗎？」

「可能是演技。」

「實在不像啊。」

「翠和黑崎不是說了嗎？說話期間，湯原圭太一直處於亢奮狀態……。也許是因為他一直在演戲的關係。演戲的人，經常都處於緊張和亢奮的狀態。」

被心理學專家這麼說，實在無話可回。

青山對關本說：「我實在很想知道湯原先生辭去警職的詳細經過……」

關本說：「我只知道是個人因素。」

「你曾說過，因為離開的方式不自然，所以在縣警內有許多傳聞啊？」

「畢竟他走得太突然了，當然會引起各種揣測。不過，我想絕大部分都是空穴來風。」

「真的是個人因素？關本先生，你應該知道真正的理由吧？」

「純粹是個人因素。真正的理由只能問本人了。」

「那麼，應該是要問本人。只好再去找他……」

「那，明天再……」

百合根覺得關本好像開始失去沉著。

他越來越覺得青山的話可信了。

青山說：「明天就太遲了。最好立刻拘捕，請他到案也可以……」

「對了……」百合根說：「根據青山先生的推論，犯人是打算以自殺來結束這個案子的。」

關本收起了表情。但是，臉色確實變差了些。

「請他以參考人的身分到案嗎……」關本說：「這樣的話還可行……」

「再拖下去，就太遲了。」

青山這句話，讓關本下定了決心。

「派偵查員到湯原圭太住家，請他到案。」

一名管理官說：「這個時間嗎……？一個沒弄好，會演變成人權問題的。」

百合根聽他這麼說，看了看時鐘。

凌晨二點半多。

關本說：「你都聽到了吧，湯原恐怕會自殺。帶他回來也是為了保護他。」

「我明白了。」

眾管理官選了三名還留在專案小組的偵查員，要他們立刻趕往湯原圭太的家。

百合根發現翠和黑崎一直看著自己，好像有話要跟他說。

他走近他們小聲問：「怎麼了嗎？」

翠回答：「回答青山的問題的時候，關本先生很有可能說謊了。」

「哪個問題？」

「就是問湯原圭太為何辭去警職的時候。」

「妳是說，他明知道卻加以隱瞞……」

「可能性很高。」

百合根看向青山。

青山一臉鬱鬱不樂的神情。

「青山先生也發現了？」

「我想是的。」

百合根點點頭。

「無論如何，若是偵查員順利請到湯原先生，應該能和他談話。為何辭去警職，問本人就知道了。」

「問題是，為什麼關本先生要隱瞞。」

「這一點，問了湯原先生本人辭職的原因，也就水落石出了吧。」

「但願如此……」

翠的這個說法讓百合根有點在意。

11

菊川加入的偵查員辦公桌驟然間忙了起來，看來是有什麼重要消息進來了。

其中一名偵查員去向管理官報告，那則消息便上報到關本這裡。

「梶田勇開始供認了？」

百合根聽到關本的聲音。管理官聚集在關本身邊，百合根也加入這個圈子。

負責的管理官開始說明：

「梶田勇，也就是神奈川命案的嫌犯，大致承認殺害前原真知子。對於他與另兩起命案的嫌犯，坪山年男和瀨川康彥，也透露出疑似共犯的關係。」

關本問道：「疑似……？沒有取得證實嗎？」

「還在偵訊中……。只是，可以確定的是，梶田勇認識坪山年男、瀨川康彥這兩人。好像不知道彼此的本名，但讓他指認過照片。」

「不知道彼此的本名……？明明是共犯，這種事可能嗎……」

「我們在等待後續消息。梶田勇開始吐實，所以應該很快就會得知詳情。」

嫌犯開始供認。換句話說，落網的嫌犯，已不想再隱瞞了。肯定遲早都會將事情一五一十招出來。

三名嫌犯互相認識。

就算不知道彼此的本名，也能成為共犯。三起命案果然是連續殺人案，正如青山的推論。

那麼，計畫這一連串連續殺人案的，也如青山所說，是湯原圭太嗎？這一點，百合根無論如何都無法接受。

也許是因為，他心中懷著但願不是的期望。

並不是每個警察都是好人，但百合根卻忍不住希望無論是在職、退休的同仁，都是好人。

退職警察策畫了連續殺人案，並且企圖以自殺來結束這一切，這對百合根而言，是不應該發生的。

然而，事情顯然完全依照青山的預測發展。

而青山的臉色顯得更憂鬱了。

「東京來的消息。」

剛才那位管理官向關本報告：

「這次是突破了瀨川康彥，也就是東京命案嫌犯的心防。瀨川承認，他不僅參與殺害正田祿太郎，也參與另外兩起命案。而且，同樣也是以照片指認了坪山年男和梶田勇為共犯。瀨川康彥也不知道坪山年男和梶田勇的本名，說他們是在網路的『地下求職網』之類的地方認識的。」

「果然……」

關本以苦澀的表情低聲說。

百合根也和關本想著同一件事。

過去也曾發生過一起強盜殺人案，被害者是一名女性，但犯人集團同樣是在「地下求職」之類的網站認識的，不知道彼此的本名。

「有兩個開始招了，可見大阪的坪山年男也快了。」管理官對關本說。

關本點點頭。

「不過，沒想到頭一個鬆口的，竟是待過幫派的梶田勇……」

管理官回應道：

「幫派分子容易供認是出了名的。他們平常口口聲聲什麼男子氣概、逞兇鬥狠，但一旦落了單，這些往往連個影子都找不到。而且，幫派分子很清楚我們警方是什麼樣的地方，知道一般的抵抗是沒有用的。」

「結果是坪山年男還在堅持……」

管理官點點頭。

「六十五歲的退休老師……。認定孫子的死，是肇因於奧野久則的公司非法棄置的礦渣所造成的土壤污染。這種的，很難啊。」

關本大大嘆了一口氣。

他對百合根說：「三起連續殺人案是由三個各懷動機的共犯所犯下的。這一點，已經證實了。但是，三名嫌犯似乎與戶川雄生的綁架無涉。而綁架戶川雄生的犯人與這三人是什麼關係也仍未知。」

百合根點點頭。

「是的……」

「然而，ST卻說策畫三起命案的，是綁架戶川雄生的犯人。並且認為這個犯人就是從縣警本部離職的湯原圭太。是這樣嗎？」

「對……」

百合根自己對此尚未全然認同。然而，現在青山的說法卻被當成ST的意見。這也是無可奈何的。

「我無法理解湯原圭太與梶田勇等三名殺人共犯間的關係，這方面可以說明一下嗎？」

「噢……」

百合根無法說明。

這時候，青山說：「湯原先生之前是在縣警的公關部吧，他對網路是不是很在行？」

「是……」關本說：「我記得，縣警的網站之類的工作也是由他負責的……」

「在『地下求職網』徵才的，可能就是湯原圭太。如果那個徵才的訊息中，有什麼關於桃太郎的話，我想應該就沒錯了。」

「為什麼？」

在青山回答之前，一個接了電話的偵查員大聲宣告：「湯原圭太家沒有人。」

「一個人也沒有？」關本回應：「怎麼回事？」

「敲門沒有人應，同仁們便闖進去了。」

「闖進去……。又沒有搜索令……」

偵查員不答。

的確，沒有法院命令卻擅入他人住家，便是擅闖民宅。逃不過非法搜查的非議。

然而，湯原圭太有自殺的可能，事態緊急。百合根認為不能責怪前往湯原家的偵查員。

一名管理官說：「也許出門了。」

另一位管理官回應：「這個時間嗎？都快三點了。」

關本毫不遲疑。

「把資訊通信部叫來。這是緊急動員，要找出湯原圭太的行蹤。把在家待命的偵查員叫回來。」

資訊通信部在警視廳大概相當於通信指令本部吧。

專案小組內部頓時忙碌起來。

所謂的緊急動員，會對辦案的第一線造成莫大的負擔。負責轄區的所有職員都必須到場支援。

各人負責的案件全部暫停，休假的、休息的，也要全員趕到。事實上，如果不是在案件剛發生時，緊急動員是沒有作用的。

因為這完全是為了阻止犯人逃走的措施。

沒有人知道湯原圭太已經消失了多久，但關本仍向資訊通信部要求緊急動員。

這就意味著，他認為湯原失蹤具有十分的迫切性。

「要偵查員到住家附近搜索及查訪，也許有人曾經看到湯原圭太。動作快！」

關本幹練地下令。

留在專案小組的偵查員幾乎全都立刻出發。負責聯絡的人員則以電話通知同家的偵查員直接趕往當地。

看到這個狀況，青山一臉茫然地說：「早知道，白天就應該把他帶回來的……」

百合根心想，這也完全不像平日的青山會說的話。因為說這種話也無濟於事。

忍不住說些說了也沒有用的話是人之常情，但青山應該很討厭這種沒有意義的事。

青山隨時隨地都要求合理性，排除任何不合理的事物。這一點他做得很徹底。

百合根對青山說：「白天那時候，沒有人想到湯原圭太有嫌疑，這也是沒辦法的啊。」

「我那時候就認為他八成就是犯人了，只是還沒有十足的把握。」

百合根吃了一驚。

「見到湯原圭太那時候，你就懷疑他了？」

「不是懷疑他。只是依照邏輯，認為除了他不可能有第二個人。可是，實際上見到了之後，印象卻和預期的犯人不同，所以我才迷失了……」

「也就是說，那時候你已經做出犯人的人物側寫了？」

「是有某種程度了……」

「為什麼你沒有告訴大家？」

青山壓低聲音。

「因為關本先生說謊。這個，是翠小姐和黑崎先生這對人肉測謊機告訴我們的啊？」

百合根朝正在向管理官下令的關本瞥了一眼。

他感到不安，便移動到距離關本更遠的地方。不止青山，ST的成員全都聚集在百合根四周。

百合根壓低聲音問青山：「我無法理解。為什麼你會覺得湯原圭太可疑？」

「不是覺得他可疑……。人物側寫是根據理論組織起來的。像這次，犯人不是一般的愉快犯，而是真切地希望有人能理解他。赤城先生雖然說，有話想說直說就好，但這麼一來，身分馬上會被揭穿。換句話說，他只要一不小心就會被認出來。所以只有兩種可能，不是名人，就是身在辦案這一方，也就是離我們很近的人。」

百合根試著思索其他的可能性。然而，他覺得青山說的沒錯。

青山繼續說道：「犯人顯然是要挑戰警方，這就代表了他對警方懷有特別的情感。這種情況下，在兩種立場當中，不難想像後者的機率比較高吧？」

「也就是說，犯人的立場和警方很接近？」

「對。犯人還必須符合另一個條件：熟知桃太郎傳說，而且對桃太郎有一番不同於一般的特別闡釋。」

「特別闡釋……？為什麼？」

「有兩個依據。一個是犯人執著於岡山。所有的命案都指向岡山。意思是，要我們注意岡山。而我們來到岡山，才頭一次知道桃太郎傳說的前身，而故事內容與我們過去所知的截然不同——溫羅備受民眾愛戴，而桃太郎，也就是吉備津彥才是侵略者。犯人希望我們知道這一點，另一個則是星號。很顯然，是犯人要三名殺人犯留下『桃太郎』這個訊息和晴明紋的。而岡山流傳的桃太郎傳說和晴明紋，也就是陰陽五行，這兩個組合起來，才產生了特別的意義。」

「什麼意義？」

「鬼對桃太郎的報仇。」

「咦……？」

「犯人一再重複『殺死侵略者桃太郎』的訊息。」

「怎麼會變成這樣？」

「不懂嗎？命案被害者的屍體被留下了『桃太郎』這幾個字，這就表示屍體是桃太郎。可是，不僅如此，還加上了晴明紋來說明被害者為什麼是『桃太郎』。」

「你是說，用陰陽五行來解釋……？」

「對。」

「原來如此……」山吹說道：「被害者全都與陰陽五行的金有關。而桃在陰陽五行中屬金……」

青山點點頭。

「就是這樣。在民俗學當中，日本的鬼與煉鐵關係密切。所以，我一開始以為鬼會不會就是陰陽五行中的金。可是不是的，桃太郎才是陰陽五行中的金。被害者在某一方面都屬於陰陽五行的金。也就是，他們被解釋成桃太郎。」

百合根驚訝無比，說：「原來『桃太郎』這幾個字和星號有這麼多的含意……」

「希望頭兒能回想一下，白天我們去找湯原圭太的時候，曾經談到留在屍體上的訊息。那時候，先提起星號的不是頭兒，而是湯原圭太。換句話說，他暗示了我們星號的重要性。」

百合根完全沒留意，就算現在試著回想起那一瞬間也是徒勞。但青山卻注意到了。

百合根說：「犯人是向桃太郎報仇……。可是，為什麼……？」

「我想這是類比。桃太郎，也就是吉備津彥，對吉備的人們來說是侵略者。所以是類比向侵略者報仇。他的意思恐怕是要制裁岡山的侵略者。」

赤城說：「也許那三起命案的確有這個意涵。正田祿太郎與岡山礦山的塵肺問題有關。奧野久則則是在岡山縣內的原野棄置礦渣。而前原真知子的美體沙龍受害最深的是岡山的會員……。這三個人都是來自岡山縣外，對岡山造成危害……」

「對。」青山點頭說道：「這也是類比。犯人身上，多半發生過嚴重的受迫害行為。湯原圭太以不自然的形式離開了岡山縣警。如果，那是警察內部侵略性行為而造成的結果，一切就都符合了。」

翠說：「所以關本是明知道卻加以隱瞞。」

「理論上是這樣沒錯……」

青山的語氣忽然變得微弱。

百合根問：「怎麼了？」

「就像我剛才說的，理論上的犯人特質，卻和白天見到的湯原圭太不合。」

理論與現實的出入。

百合根正想這麼說，又把話吞回去。

過去，青山所架構的理論從來沒有和現實發生過出入。正因如此，ST才能破解眾多難案。

「無論如何……」翠雙臂環胸，說：「有必要從關本口中詳細問出湯原圭太辭去警職的原委。」

不知不覺間，她已經直呼關本而不加稱謂了。

百合根看著站著忙東忙西的關本，現在實在沒辦法去問他。

但，若是警署內發生了青山推論的事，而湯原因此而辭職，那麼青山的理論就成立了。

「喂，你在幹什麼！」

一位管理官突然大吼。

怎麼了呢？——百合根朝那聲音的方向看去。那位管理官正瞪著一個年輕偵查員，正是白天為他們帶路的木島。

管理官的聲音再度響起：

「所有偵查員都在追查湯原圭太的行蹤，你在那裡幹什麼！你也趕快去！」

木島站在白板前。

「對不起，因為有件事實在讓我想不通……」

「想不通……？什麼事？」

「就是這張照片。這個，是被綁架的戶川雄生的照片吧？」

「看名字就知道了啊。」

「可是，這不是湯原先生的照片嗎？」

「你在說什麼夢話。好了，快去。」

「等一下！」

青山突然大聲喊叫，奔到白板旁。

百合根也跟了過去。

青山注視貼在白板上的照片。百合根也看了貼在戶川雄生這個名字旁邊的那張照片。

就像木島說的，貼在那裡的照片，正是白天他們見到的湯原圭太。

到底是怎麼回事……？

「原來如此……」青山說：「我們白天見到的不是湯原圭太，是戶川雄生。」

百合根望著青山。

「咦……？」

「包括木島先生在內，我們誰也不認得湯原圭太。所以把冒充湯原圭太的戶川雄生當成湯原本人了。」

百合根混亂了。

所有人都以為被綁架的戶川雄生，竟然冒充了應該是綁架犯的湯原圭太。這到底是怎麼一回事？

「怎麼了？」

關本走過來，幾個管理官也跟著走過來。

百合根說：「我們白天以為是湯原圭太先生而去拜訪的，是這張照片上的人物。這個，不是湯原先生吧？」

關本皺起眉頭，說：「這不是湯原，這是如假包換的戶川雄生。你們到底在說什麼？」

「我們不認得湯原先生。」

「可是，應該有岡山縣警的偵查員陪同才對。」

木島被一群幹部包圍，一臉怯色。

「屬下不認得湯原先生，因為屬下沒有在縣警本部服務過……。今天白天，看到那個人自稱是湯原先生，是覺得有點眼熟……。屬下只覺得既然同是岡山縣的警察，應該曾經在哪裡照過面。」

關本說：「但卻不是那樣。你會覺得見過，是因為這張照片？」

「是的。」

一名管理官大罵。

「混帳東西！照片應該每個偵查員都有！為什麼見到的時候沒有馬上發現？」

「屬下從特命班成立以來一直擔任內勤，主要負責電話聯絡。所以長官命我為ST的各位帶路……」

並非所有偵查員都參與戶川雄生的綁架案。這次規模如此龐大，自然會分派不同的任務。

關本問百合根：「幾位到了湯原家，本應被綁架的戶川雄生就在那裡，冒充湯原向你們解説了桃太郎傳説……。是這樣嗎？」
「是的。」
「到底是為什麼……」
百合根答不上來，忍不住看著青山。
青山的視線一與百合根對上，便説：
「至少，這樣就解開一個謎了。現在我知道為什麼理論上的犯人特質和實際見到的犯人不一致了。」
眾管理官面面相覷，氣氛騷動不安。
關本有如代表眾人發言般説：「這話説得像是完全以湯原是犯人為前提啊。」
青山回答：「對啊。」
「這麼説，人物側寫已經完成了？」
「去找湯原先生，也就是其實是戶川雄生之前，其實就已完成大部分了。」

「為什麼沒有向我們發表？」

百合根插話進來：「關於這一點，我們有事想請問。」

「什麼事？」

「就是湯原先生辭去警職的真正原因。」

「我就說……。」

說到這裡，關本看了翠和黑崎。

「原來……人肉測謊機啊……」

關本默默沉思片刻，終於說：「要說這件事之前，請先告訴我們人物側寫以及湯原之所以為嫌犯的依據。」

「好啊。」青山說：「我來說明。」

管理官的圈圈外又形成了偵查員的圈圈。不知何時，菊川已站在百合根身邊。

12

青山在關本與岡山縣警管理官、偵查員面前開始說明。

犯人不斷發送訊息。為了讓人解讀這些訊息，必須讓岡山引起眾人的注意。

刻在屍體上的「桃太郎」文字和晴明紋，點明了此事與桃太郎傳說以及陰陽五行有關，而幾個被害者纏身的社會問題，在陰陽五行的屬性上全都屬「金」。

而且，陰陽五行中，五果的桃也是屬「金」。這便說明了命案中的被害者代表了桃太郎。

然後，被害者都從岡山縣外將問題帶入縣內。也就是說，三起命案的被害者是侵略者的隱喻。

這同時也是吉備國流傳的溫羅與吉備津彥之戰的類比。對吉備國的人而言，吉備津彥，也就是桃太郎，是侵略者。

犯人殺死了身為侵略者的桃太郎。

為什麼犯人要持續發出充滿了謎題的訊息呢？

恐怕是因為他的立場，若直言不諱，身分會立刻被揭穿。這若不是無人不知無人不曉的名人，便是與警方關係密切之人。

犯人一直挑戰警方，要警方解謎。

從這一點，便可看出犯人是對警方具有特殊情感的人物，也就是與警方關係密切。

「對桃太郎抱持著侵略者的看法，又對警方有特殊情感，換句話說，與警方極密切的人物……。符合這些條件的，只有一個人。」

青山的周圍陷入沉默。

一段很漫長的沉默。

終於，關本說話了：

「你是說，那就是湯原？」

「答案你應該知道吧？」

「為什麼我會知道……」

「就是我提出想請教對鄉土史有研究的人那時候。田代部長說找湯原先生應該很妥當，那時，你和久米課長心中不太平靜吧？」

「並沒有，只是突然提出一個辭去警職的人，有點吃驚而已。」

青山看著翠和黑崎。

「這幾句話，你們覺得呢？」

翠雙臂環胸，說：「很難說是真心話。」

關本頓時變得面無表情。感覺是猛地把心關上了。

「必須要有湯原是嫌犯的確鑿證據。」

青山的神情暗下來。

「湯原先生的屍體足夠成為證據嗎？」

關本一臉挨了拳頭的表情。

青山說過，湯原想要以自殺來結束這一連串的案件。青山一定是因為白天看到湯原還活著，便暫時安心了。但，這卻也讓青山產生了歧異感，因為他看起來不像是個想要自殺的人。

也難怪會有歧異感。因為他們以為是湯原的人，其實是戶川雄生。

「可是……」一名管理官若有所思地說：「為什麼戶川雄生能夠冒充湯原呢？要是上門的是認得湯原的人就沒戲唱了，而且去的人也可能看過照片，認得戶川雄生的長相……」

青山回答：「因為我們主動向應門的人問：『湯原圭太先生嗎？』。我想，他是在那一刻臨時起意的。」

「哦……」

在不遠處接電話的一個偵查員揚聲說：

「坪山年男招了！」

所有管理官和偵查員都一齊朝那裡看去。接了電話的偵查員拿著便條紙過來報告。

「一告訴他其他兩人開始供認，坪山也終於死心了。這麼一來，三起命案的全貌也幾乎明朗了。坪山等三人，是在網路的『地下求職網』認識的。

他們回應了一項號召。」

關本發問：「在網路上的號召，是三名嫌犯以外的人發起的吧？」

「是的，三人都沒有見過那個人，而號召的內容很奇特。」

「查出是什麼樣的內容了嗎？」

「查出來了。大阪的專案小組查過歷史資料檔案確認過，叫作『要不要向桃太郎報仇』。一開始的發文據說是這樣。」

百合根驚訝地對青山說：「青山先生曾經這樣預言過：要是『地下求職網』的徵才訊息裡，有什麼與桃太郎有關的詞語，就可以確定犯人是湯原圭太。」

「不是預言，是邏輯推論。」

「……結果，被你說中了……」

青山仍是一臉憂鬱。

「這是當然的結果啊。」

「然後……」偵查員繼續報告：「坪山說，當初並不是殺人計畫。」

關本的表情立刻復活。

「什麼……?怎麼回事?」

「他說,網路上徵才的人做了詳細的指示,但在那個階段,純粹只是綁架。在綁架來的肉票身上貼著寫著『桃太郎』文字和一筆劃成星號的紙張,讓警方找到人。然後,在現場遺留下一個肉票監禁場所的提示……」

「然而,實際上卻演變為殺人。」

「據坪山說,是梶田勇失控了。第一起綁架時遇到了意想不到的抵抗,梶田衝動之下失手把人勒死了……。那個時候,坪山和瀨川都說要中止計畫,但卻像是被梶田拖下水似地,繼續犯案。」

「真傻……」關本罵也似地說:「要是在那個時候自首,罪都還不重……」

他身旁的管理官說:「犯罪往往都是如此。就是會落入一不做二不休的心態,害自己無法回頭。」

百合根認為他說的一點也沒錯。只要能冷靜判斷,就不會犯罪。或是,只要有那麼一瞬間恢復理智，也可能懸崖勒馬。人生的明與暗，就取決於那一瞬間。

管理官和偵查員表情都同樣抑鬱，也許是在想像坪山和瀨川的心情。百合根也是。

在這當中，突然響起青山開朗的聲音。

「當初的計畫不是殺人是嗎？」

報告的偵查員回答：「對，從頭到尾都只是綁架而已。」

「那也許還來得及。」

百合根問青山：「什麼來得及？」

「趕快向媒體公開我們已經解讀了犯人的訊息，越快越好……」

「為什麼……？」

「為了通知犯人我們全都知道了。」

「可是，湯原先生可能已經自殺了……」

「不，事情的結果和他自己的計畫背道而馳，他一定非常震驚。也許他在等機會解釋他並沒有計畫殺人。可能性雖然不高，但還有希望。」
百合根不太懂，但這時候最好照青山說的話去做。
青山對關本說：「要解開犯人所有訊息中的謎題，我們必須了解湯原先生辭去警職的原委。你願意告訴我們吧？」
關本以痛苦的神情低下頭。
百合根頭一次看到他這個表情。
漫長的沉默……。然後他說：
「我不能在這裡說，可以換個地方嗎？」
青山點點頭。
「當然可以。」
關本命令旁邊一名偵查員。
「找一間空的會議室。」
時間已近凌晨四點。若是一般企業，會議室應該全都空著。但警方則未必見得。

有時會用來暫代偵訊室，有時會有人在裡面小憩。

「我也可以在場嗎？」菊川對關本說。他的眼神，又回到平常那嚴厲敏銳的樣子了。

這一瞬間，百合根感覺到高考與非高考的關係以及階級差距都消失了。

偵查員將百合根一行人帶到一個小房間。折疊式的長桌在裡面排成了一個長方形，四周擺了鐵椅。

房間深處堆著紙箱，上面是疊好的柔道服。房間裡滿是汗臭味。百合根心想，無論哪裡的警署都一樣。

關本在最靠裡頭的位子坐下。他旁邊是百合根，百合根旁邊是菊川。菊川過去是翠，再過去是黑崎。而百合根對面那一側依序坐著青山、赤城和山吹。

百合根決定等關本主動開口。關本正凝神沉思，也許是在考量說些什麼、吐露多少。

必須請他一五一十據實以告。百合根心想，到了這個地步，不能再有所隱瞞。

「一切的開端，是前年的人事異動。曾經，人人都看好湯原會成為縣警刑事部搜查一課次長。他從基層幹起，通過了警視考試，這都說明了他過人的努力。他的辦案經驗也很豐富，大家都說次長非他莫屬。他是縣警的非高考之星。」

關本說到這裡，又開始思索。

百合根問道：「現在，搜查一課次長是由關本先生擔任。所以，前年的人事異動本來應該是湯原先生就任這個職位嗎？」

「是啊……。我必須說，當年的異動，幾乎讓所有人跌破眼鏡。」

「為什麼呢？」

「是來自警察廳的高考組異動，我和田代調到岡山來。只有部長的話是很常見，但前年為了增強縣警實力，我也調過來了。田代打出以高考組出任搜查一課幹部的方針，縣警的警務部反映了他的意願。」

「久米課長本來就在岡山嗎？」

「是的，他是從警務課長平移過來的。」

警務部嗎……。原來如此，百合根現在知道為什麼他在辦案現場沒有存在感了。

以一般企業而言，警務部就相當於總務部。在警察組織內管理人事與待遇，權限相當大。監督警官的貪瀆也是警務部的職責。

另一方面，刑警說起來就是有特殊專長的職務。勤勤懇懇累積自己的訣竅和經驗，成長為獨當一面的刑警，與管理部門往往勢同水火。

「湯原先生本來是搜查一課次長候選人，結果被調到公關部去了？」

「他本來就嫻熟電腦，又懂網路。而且，興趣是鑽研鄉土史。就人事負責人的眼光來看，是不可多得的人才。」

「可是，他本人卻很不情願？」

「是的……」

「這是他辭職的原因嗎？」

職務調動是公務員職涯的一部分。

因不滿調動而辭去警職，未免太過驕狂。如果因此而對警方懷恨在心，被說是忘恩負義也只是剛好而已。

關本說：「不，這只不過是開端。湯原還是認真工作，但是，對於田代部長或我們搜查一課高考出身的人，偶爾難免有些反抗之意。後來有一次，湯原對田代部長和我們的不滿爆發了。」

據關本說，事情發生在年底縣警與各報社的聯歡會上。

聯歡會由縣警公關部主辦。透過能自由走動的餐會，與平常不得不爾虞我詐的記者聯絡感情。

湯原忙著準備餐會，當天，也緊盯各處以免發生問題。

田代部長雖然晚到，也出席了聯歡會。到了年底，刑事部長必須應付各處邀約。當天田代部長也跑了另一場聚會，他帶著相當濃的酒氣來到了餐會現場。

而久米課長總是緊跟著田代部長。自從田代部長上任以來，久米課長便與田代部長寸步不離。

某家報社有個年輕女記者。這位女記者大學畢業不久便被派到社會部，在縣警的記者俱樂部裡經常遇到不明白的事。

湯原很照顧這位新人記者。不知不覺，她也對湯原心生敬愛。

雖然兩人的年齡差距足以當父女，但相處相當融洽。儘管有人捕風捉影說三道四，但就關本看來，兩人絕無曖昧關係。

「田代部長這個人，有點……怎麼說呢，對女性有點太直白……或是說，親暱的表現太過頭了……」

總之，就是好色。

百合根想起他們去「一扇」那家懷石割烹時的事。

田代部長以別有意涵的表情說他很中意名叫森本由美的女侍。那時候，百合根並沒有太在意，但現在想起來，那的確不是應該在懷石割烹談論的話題。

「田代部長似乎相當中意與湯原交好的那位新人女記者。帶著醉意的部長，做出了記者聯歡會上難以想像的舉動──他緊抱了那位新人女記者。

對田代部長而言，也許是表現親近之情，但女記者嚇得杯子都掉了。湯原見狀大怒，將田代部長和女記者拉開，而那時候，田代部長一屁股跌坐在地上。」

那是天大的洋相，是田代部長的奇恥大辱。就立場而言，並不是丟個臉就能了事的。

「田代部長沒有放過湯原先生？」

聽百合根這麼說，關本搖搖頭。

「沒有放過他的，不是田代部長，而是他的跟班久米課長。久米課長對湯原設了陷阱。」

「陷阱……？什麼陷阱……？」

「他想出了巧計，製造湯原和新人女記者獨處的狀況，然後誣陷湯原對她性騷擾。」

百合根大吃一驚。

「怎麼可以……」

「警務部立刻出動，開始檢討湯原的處分。」

「久米課長是因為田代部長教唆才行動的嗎……？」

「想來不是。田代部長酒醒之後，看樣子是對自己的作為有所反省的，想必是久米課長自作主張吧。正因如此，當幾位提到對鄉土史有研究的人的時候，田代部長才會提議把湯原介紹給幾位。之前我也曾說過，田代部長無論是在好的方面或是壞的方面，對人際關係都大而化之。」

「原來如此……」

「警務部之所以立刻有動作，也多半是久米課長指使的吧。畢竟，那是課長的老巢。」

「然後呢……？」

「警務部對湯原展開查問，湯原當然否認。但是，所謂的查問，就是對可疑之事加以懲戒。事情也被部分媒體得知了。站在縣警的立場，也只能做出懲處。警務部強迫湯原做出選擇，看是要懲戒免職，還是主動離職。在這種情況下，湯原沒有選擇的餘地，結果是以個人因素為由辭職。」

「聽了真教人不舒服……」菊川喃喃地說。

百合根問關本：「那位女記者沒有替湯原先生辯解嗎？她應該知道事實啊……」

關本忽然露出哀傷的表情。

「性騷擾事件才發生，她就做出獨家報導，裡面包含了只有搜查幹部才知道的內容。是的，她沒有選擇湯原，而是選擇了田代部長和久米課長。」

翠說：「怎麼會這樣……」

對此，赤城說：「女人就是這樣啊。」

十足是討厭女人的赤城會說的話。

「你瞧不起女人是不是？」

「在新聞和警察這類男性社會中，女人要存活很不容易。那位新人記者也算是在職業生涯中做出正確的選擇吧？」

「這才不是你的真心話。」

赤城只是聳聳肩，什麼都沒說。

對人肉測謊機之一的翠是不能說謊的。

一直默默無言靜聽的青山說：「換句話說，你們從東京來的高考組，對湯原先生而言是侵略者。而湯原先生想比照桃太郎傳說，舉發這個事實……」

關本點頭。

「也許是吧。如果田代部長和我沒有調來這裡，湯原或許穩坐搜查一課次長的位子，現在也仍在縣警大展長才。對湯原而言，我們看來的確是侵略者吧。我明知道久米課長亂來，卻不敢採取任何行動，也許是為了保身吧。」

菊川說：「很抱歉，請容我發問：您是否認為，為了保全警方的面子，犧牲一個非高考組的同仁也無妨？」

這一問，讓關本大大嘆了一口氣。

「這一點我無法否認。」

青山問關本：「你是不是早就發現一連串案件的主犯，就是湯原圭太？」

關本無法立即回答。

「並不是早就發現。但心裡是覺得，也許會有這個可能。」

「原來如此……」菊川說：「我一直很納悶，不知道為何岡山縣警要特地把ST從東京找來。」

關本點點頭。

「也許是因為我不敢靠自己來揭開案件的真相。對於能否好好處理岡山縣警的內部問題也感到不安。」

百合根說：「不知道久米課長怎麼想……」

「我還沒有把湯原有嫌疑一事上報給久米課長。他大概認為只要緊跟著田代部長，自己就永遠處於不敗之地。」

青山說：「現在必須把我們已將謎題解開一事公開，也就是要公開這個事實：縣警內部發生的事，是來自中央的侵略者的暴行。這是當務之急，湯原先生可能還活著，而且正遲疑著不知該如何是好。他應該也不願意背負教唆殺人的罪名。」

百合根說：「依照慣例，記者會是上午十一點舉行。而且，要開記者會得先說服田代部長……」

很難相信田代部長會同意發表這些，久米課長的妨礙也在預期之中。無論如何，都很難像青山提議的那樣說發表就發表。

百合根還在沉思時，便聽到關本說道：「不必等慣例的記者會，只要由我告訴聚集在專案小組外的記者就行了。」

百合根吃了一驚。

「你這麼做，會飯碗不保的。」

「湯原實質上是被開除，而我卻默認了整件事。事到如今，我不認為自己能全身而退。而且，等案件真相大白，自田代部長以降，搜查一課的幹部全都會受到處分。但最重要的是……」

說到這裡，關本頓了頓，吸了一口氣：

「最重要的是，我再也不願隱瞞真相了。」

青山說：「既然如此，就趕快行動吧。現在也許還能救湯原先生一命！」

關本點點頭，然後忽然醒悟般地對菊川說：

「我對你的態度一直很失禮。和ST的各位一起來了一位非高考組出身的偵查員，讓我有點慌了手腳。我很怕隨著案情越來越深入，非高考組的你會對高考組的人產生情緒。」

菊川起身立正站好，然後深深一鞠躬。他心中想必百感交集。

百合根對關本說：

「您對我說，要想想身為高考組的人生。那是……」

「是的。那是說給我自己聽的。」

關本站起來。

「好，我們走吧……。我必須請ST的各位到場做補充說明。」

緊接著站起來的，是青山。

13

關本純粹以說明辦案進度為由與記者會面。

這成了一場破天荒的記者會，記者們無不感到到驚訝。但聽著關本的敍述，他們漸漸進入狀況。

關於桃太郎傳說與陰陽五行這方面的說明，由青山負責。記者們興致勃勃。

這次的連續殺人案本來就帶有獵奇色彩，記者都高度關注。得知犯人不斷發出暗藏複雜謎題的訊息後，更是刺激了他們的求知欲。

「此外，此案的背景，是過去縣警內部發生的疑似性騷事件，導致受疑的警官辭職。但這性騷嫌疑現在已查明是誤解，縣警本部將商討今後如何應對。」

當然，關本並沒有說出湯原的姓名。但百合根認為，出入縣警的記者聽了關本的說明，肯定都猜得到是誰。

無意間，他注意到記者群後方有個年輕女記者，是個長髮的白皙美人。也許她就是性騷事件的當事人。

她正面無表情地寫著筆記。此刻她的心境如何呢？

百合根才這麼想，便聽赤城悄聲說：「是那個女的吧。臉皮實在有夠厚……」

翠一聽就說：「不要亂講，她現在心臟都快爆了，還不斷吞口水。她正拚命忍住眼淚，否則會當場哭出來。」

聽到翠這麼說，百合根覺得心裡稍微舒坦了些。

雖然趕不上當天的日報，但電視搶先播出新聞。消息一出，似乎產生了不小的轟動，但百合根累極了，便決定和ＳＴ眾人一起先回飯店稍事休息。

工作告一段落的青山這次乖乖同意回飯店，只有菊川堅持要留在專案小組。他說，三起命案的嫌犯的關係必須找到佐證。

他是個倔強的刑警，想說服他只是徒勞。百合根同意了，留下菊川，在天亮之後回到了飯店。

一倒在床上便睡著了。

醒來時，時刻正好要進入正午。

百合根立刻打電話給赤城，表示自己要前往專案小組。ST的任務算是已經大功告成，所以百合根想讓他們留在飯店休息。

然而，令人意外的是，赤城竟然要百合根等十分鐘，讓他把所有成員叫起來。

「不用了，由我出面就好……」

「要是菊川刑警在，他一定會說全員到齊才叫ST。」

「大家好好休息。」

「不能讓頭兒一個人去。工作還沒有完全結束，還必須確認湯原的生死和去向，也要確知戶川雄生的進一步消息。如果發生最糟的狀況，就輪到我出場了。」

意思是，就會需要驗屍和解剖。

「但願不會……」

「有備無患。等我們十分鐘，我們大廳會合。」

電話掛了。

這個人果然具有領袖特質——百合根深深這麼認為。

赤城言而有信，十分鐘後ST便在大廳到齊。

就連平常都會遲到的青山今天也沒遲到。他每次被叫到現場的時候都一臉睡意，今天卻顯得精神奕奕。

這次的青山不太一樣，甚至看起來像是自覺責任深重。似乎是認為如果湯原自殺，都要怪他沒有及早解讀整個案件。

今天沒有小巴來接，他們分乘兩輛計程車前往岡山西署的專案小組。

一進房間，百合根不禁停下腳步。

一股異樣的緊張占據了整個專案小組。每個人都不敢大聲呼吸。

原因很快就明白了。

平常不會出現在專案小組的田代刑事部長和久米搜查一課課長都來了，兩人正與關本次長對峙。

百合根大致可以想像是什麼狀況，但仍有必要確認實情，於是便悄聲問旁邊一位偵查員：

「發生了什麼事？」

「部長和課長來了，突然就開始質問次長，問他消息是從哪裡洩露的……」

「那，關本次長怎麼回答？」

「說是他做了進度說明……」

明明可以裝傻的啊……。

百合根當下這麼想。但，關本已經橫了心。百合根深知他不會做出裝傻那種醜態。

久米課長尖銳的聲音充斥著整個空間。

「你有義務向我和部長報告。你竟然將我們不知道的資訊洩露給媒體，這是重大過失。」

「不是洩露。」關本說：「我向記者說明了偵辦進度。」

「你只是一個課的次長，沒有這個權限！」

久米課長歇斯底里的聲音，聽來很刺耳。

「我有。我負責指揮專案小組，管理資訊情報也是我的責任。」

「你是睡昏頭了嗎你！你只是執行實務上的指揮而已，所有權限都歸部長所有。」

「當時的狀況分秒必爭。不，現在也還是分秒必爭。」

「綁架案當然是分秒必爭。」

「您沒有看到新聞嗎？」

「等一下部長會召開記者會撤消今天凌晨發布的內容。新聞說什麼真凶將桃太郎傳說解釋成侵略事跡，藉此影射發生在自己身上的事情，不斷傳送訊息……實在太可笑了。要是由部長正式召開記者會，才不會讓這種胡言亂語出現在電視新聞裡。」

「開記者會撤消……這不是開玩笑的。這則報導事關人的生死。」

「這是殺人案啊，都死了三個人了。」

「您的意思是，現在再多一個死者也不算什麼嗎？」

「我可沒這麼說。」

這時候，青山說：「要是湯原先生死了，最該感到內咎的應該是課長吧？」

久米課長立刻轉頭看青山。

專案小組的緊張氣氛直線升高。電話鈴聲顯得特別響，接起電話的偵查員也壓低聲音說話。

「湯原會死……？怎麼回事？」

「策畫這次案件的，就是湯原先生。他應該正考慮以自殺來讓案子落幕。」

久米課長的臉發青了，怯怯地看關本。

「這我怎麼沒聽說，怎麼回事？」

「是昨晚到今天早上這段時間確認了他的嫌疑。只是，我們沒有物證，一切都是狀況證據。」

關本是故意延遲報告的。

百合根很清楚他這麼做的用意，要是他向久米課長報告了，恐怕會對偵查方針做出什麼變更。

利用疑似性騷來誣陷湯原、逼走他這件事，是不能搬上檯面的。久米課長很可能拚了命也要把事情壓下來。

所以關本希望爭取時間。

實際上，久米已說要召開記者會撤消關本所做的進度說明。要是這場記者會在兩點之前舉行，那麼關本發表的內容就不會見報了。

無論是哪一家報社，應該都重視刑事部長的記者會更甚於課次長的進度說明。

「ST的各位說，必須讓湯原知道他所發出來的那些暗藏謎題的訊息，警方都已經正確解讀出來了。這麼一來，湯原也許會放棄自殺。」關本對久米說道。

他口中的ST的各位其實是有語病的。

持這番主張的實際上只有青山一人，百合根對青山所說的話也並非百分之百理解。

但，這時候也只能相信青山。

久米課長一臉莫名其妙，望著關本。

「這是什麼道理？我無法理解。」

「警方對湯原先生一事表示反省是很重要的。」

青山解釋道：

「湯原先生想洗刷冤屈，他並不想死。他的考量是，藉由死，讓逼自己離開警職的那些人後悔。」

久米一副困惑的樣子，轉頭去看田代部長。

關本也看著部長。

至今都一言不發的部長，緩緩說道：「關本君，你在說些什麼，我完全聽不懂。」

「就是……」關本解釋：「三起連續命案和綁架案的策畫人極有可能是湯原……」

「今天早上已經收到通知，三起命案各有嫌犯，而且都坦承犯案了。」

「那是湯原以『地下求職網』找來他們三人……」

「我沒有聽說過這樣的事實。」

田代斷然說道：

「縱使真有這樣的事，既然沒有收到正式報告，就不能向記者公布。別的不說，今天記者會的時間已經遲了，我只會發表確定查明的事實。」

關本的表情凝重。

「您所謂確定查明的事實，具體指的是什麼？」

「我剛才不是說了嗎。三起命案的嫌犯的名字和犯案動機，被害者各自與嫌犯有糾紛。我會發表這些事實。」

「這樣與案件的真相相差太遠了。」

「我不管什麼真不真相，我只能發表我收到的正式報告的內容。你知不知道，報導伴隨著社會責任。向那些報導機構發表的內容，必須是正確、而且是已經證實的事實。這點常識我想你應該也有。」

「那麼，我現在便詳細向您報告。」
「那可不行。」
「為什麼？」
「我說的是正式報告。也就是，不是蓋過課長章的文件我不看。這就叫作正式的手續。」
這位部長果然只會作官，完全沒有辦案的概念。百合根也沒有資格說別人，但他有把握自己至少沒這位部長這麼誇張。
久米課長立刻重振聲勢。
「我們這就要在縣警本部舉行記者會。我是不知道你在天還沒亮的時候說了什麼，反正部長會正式發表現階段已經確認的內容。沒有異議吧？」
「有。」青山說：「這樣就救不了湯原先生了。你該不會是巴不得湯原先生就這樣死了？」
久米課長冷冷地看了青山一眼。
「不是說現在偵查員正全力追查他的行蹤嗎。啊，還有，關本君在凌晨二點五十分向情報通信部發動了緊急動員，三十分鐘之後我就撤消了。」

關本目瞪口呆，問：

「為什麼？」

「因為我對情況是不是需要發動緊急動員很有疑問。你也要替深夜被動員的轄區想想。」

這是他丟下的最後一句話。

田代部長與久米課長離開了專案小組。

管理官和偵查員全都一臉尷尬地看著關本。

關本對百合根說：「是我的失誤。我應該早點密切向部長報告的，部長恐怕是因為我自作主張而鬧脾氣了。」

「鬧脾氣……？」青山說：「問題又不是他鬧個脾氣就能解決的，難道要不顧湯原先生的死活嗎？」

「只能等偵查員找到他了。」百合根說：「有沒有別的對策呢……」

關本看了百合根一眼，眼神悲傷。

「刑事部長都下了結論了。如果是你，你能怎麼樣？」

百合根把話嚥回去。

刑事部長的權限極大。

警察就是這樣的一個組織，原則是上情下達。如果有人敢對刑事部長說什麼，那個人一定是縣警本部長。

「能做的我們都做了。」關本說：「無論結果如何，都只能接受。」

「這算什麼……」青山說：「這太奇怪了。這樣，豈不是對湯原先生見死不救嗎！」

如此情緒化的青山也很罕見。他果然是對這次的事感到相當有責任吧。

關本臉上透出挫敗的氣餒，但多半不只是因為在這個案件上挫敗了。

他未經田代部長同意便公開向記者說明案情，因而觸怒了長官，恐怕會因此遭到處分。

可是應該遭到處分的明明是田代部長和久米課長啊……。百合根好不服氣。

「電視已經播出一些消息了。」關本說：「我們只能希望湯原看到之後會改變心意。」

青山說：「電視播出的效果有限。如果不讓湯原先生知道我們已經完全將謎題解開，就沒有任何意義。」

百合根說：「這大家都知道。可是，我們實在無能為力。」

山吹說：「青山先生說，當初的計畫本來是綁架，後來卻演變成殺人案。於是湯原先生應該正因不知如何是好而遲疑著。看了新聞，他或許會更加遲疑。人在遲疑當中，應該是不會自殺的。」

青山似乎在思索山吹的話。

終於，他說：「只能這樣希望了。」

14

偵查員不斷追查湯原圭太與戶川雄生的行蹤。然而，人員有限，又必須兵分二路，遲遲沒有成果。

如果久米課長沒有在三十分鐘後就解除緊急動員，也許能找到其中一人。然而，事後再談如果也無濟於事。

專案小組雖正常運作，卻有種空虛之感。也許是因為關本心情消沉的關係。偵查員、管理官應該也很迷惘。

任誰都不願意忤逆刑事部長。但現在要是站在關本那邊，很可能會被刑事部長列入黑名單。

百合根認為，就算有人這麼想也是人之常情。

他決定，至少ST要支持關本。

青山仍是一副焦躁的樣子。

眼看傍晚就要到了，搜查依舊沒有進展。晚報送進了專案小組。各報社的晚報都先擺在關本那裡。

報上肯定是將部長的記者會原封不動地刊載出來。百合根只覺得無力。

關本也仍是一副消沉的樣子，拿起一份報紙打開來。

他的表情出現了戲劇性的變化。

首先，是略為吃驚的表情。接著變成驚訝，然後變得很微妙，令人懷疑他是否要開始又哭又笑。

百合根忍不住問：「怎麼了嗎？」

關本說：「我發表的內容見報了，不是部長的記者會……」

聽到他這麼說，青山立刻過來，拿起另一份報紙。翻了翻，然後驟然停住。

「這份報紙也是……。甚至還寫了桃太郎傳說和陰陽五行。」

百合根也拿起別份報紙看了社會版。上面也刊登了同樣的報導，內容摘要如下：

刻在命案被害者身上的「桃太郎」文字與星號，分別代表岡山流傳的桃太郎傳說與陰陽五行論。在岡山，流傳著據說是桃太郎傳說原型的吉備津彥與溫羅大戰的傳說，當地同情溫羅的人也很多。

警方認爲這次命案本身，便是犯人基於「桃太郎打鬼其實是侵略戰爭」

的說法所發出的謎樣訊息。可能與岡山縣警內部發生的某些問題有關，專案小組目前正加緊追查。

報紙最多也只能寫這麼多，無法再更深入。但是，百合根猜想，湯原看了這樣的報導，多半就滿意了吧。

「可是……」百合根說：「沒想到各報社竟然會捨棄部長的記者會，刊登關本先生發表的內容啊。」

「媒體也不是傻瓜。」赤城說：「至少能夠判斷哪一邊的發表比較有新聞價值。」

「而且，」山吹說：「仔細想想，電視和廣播都已經搶播了，部長就算發表了四平八穩的內容，也晚了一步。」

青山對山吹說：「既然你這麼想，一開始就要說啊！」

「不是的，是因為看到這樣的結果，才這麼想而已……」

關本對百合根說：「但願湯原能看到報紙的報導。」

青山說：「他一定會看的。湯原先生一直在向警方挑戰，應該隨時在注意警方如何反應。」

赤城說：「前提是，如果他還活著的話……」

青山立刻看向赤城。

「還活著啊。他的計畫亂了套，一定徬徨不知所措，然後一直緊盯著警方如何出手。」

「很遺憾，你這是樂觀的預測。真不像平常的你……」

「才不是，我是冷靜的分析。」

「不，如果真的是冷靜在思考，就不能忽略他已經身亡的可能性。」

青山不作聲了。

這番沉默的意味顯而易見。青山其實非常了解赤城的意思。

的確，青山的預測可能是樂觀的預測。然而，百合根卻無法不懷抱同樣的希望。

「次長，您的電話。」

負責聯絡的偵查員來通知。

關本一接起電話，便出現前所未有的緊張神情。百合根猜想，一定是和報紙的報導有關。

關本對電話裡的通話對象只是應聲回答而已，什麼都沒說。可見對方是上司。

看關本放下聽筒，百合根便問：

「難不成，是田代部長？」

關本搖搖頭。

「是縣警本部長。」

百合根吃了一驚。

「本部長親自來電……？」

「是啊。」

本部長下達指示時，通常會先告訴部長。由部長轉達課長，再由課長轉達給次長以下的眾管理官。

這次，縣警本部長卻跳過部長和課長，直接打電話給身為次長的關本。

這究竟是怎麼回事……。

百合根的疑問大概寫在臉上了吧。

關本看了百合根一眼，說：「本部長也問過田代部長和久米課長了，但問不出個所以然，便打電話給我。」

「是要問報紙的報導吧？」

「本部長說，想了解縣警內部的醜聞是怎麼一回事。我現在得去向本部長做口頭報告。」

「你要全部說出來嗎？」

「應該是吧。當然，我想我也會受到懲戒處分。」

「這太不合理了……。關本先生並沒有直接參與設局誣陷啊？」

「我冷眼旁觀，跟參與沒有兩樣。」

聽了這話，赤城說：「可是，那位女記者，無論她本人意願如何，就結果而言，是她幫了久米課長一把，趕走了和她交情匪淺的湯原不是嗎？難道沒有必要讓她負起一些責任嗎？」

關本對赤城說：「警務部的查察是在她毫不知情的狀況下進行的。我想你也知道，警察內部的監察，外人完全無法涉入。這樣責怪她，未免太苛刻了。」

「話是這麼說，她應該也知道湯原不是全身而退。新人時代她不是很受照顧嗎？女人真是忘恩負義。」

關本拿起一份晚報，朝赤城遞過來。

「這是什麼……？」

「她報社的晚報。案件的報導寫得比別家報社都要詳盡。報導一定是她寫的，也是她說服總編採用的吧。」

赤城接過那份報紙，看起報導。沒有再多說。

「那麼，我去一趟本部。」

關本對百合根這麼說，然後走出了專案小組。

百合根以複雜的心情望著他的背影。

當關本將真相一五一十地告訴了本部長，湯原的事一定會重新調查吧。

這麼一來，田代部長和久米課長應該會受到嚴厲的處分。同時，正如關本自己所說，他也會受到處分。

應該不至於免職，但想必將會成為經歷上的一個污點。

高考組的世界，是沒完沒了的激烈競爭。有時候小小失誤便會大大影響後來的升遷。

百合根想起關本對他說的：好好思考身為高考組的人生。

覺得心情十分沉重。

關本在一個小時後回來。

百合根問：「怎麼樣？」

「我詳細說明了原委，本部長一開始似乎無法理解。畢竟，桃太郎傳說是侵略者的故事，而這竟影射了縣警本部之內的醜聞，聽起來確實是異於常軌。」

「湯原先生冤屈的事呢……？」

「關於這個我也說明了。那時候，本部長似乎也終於明白一切全都吻合了。」

「以後會怎麼樣？」

「警務部的監察室應該會出動吧。會怎麼樣我也不知道。」

就在此時，一個負責接應電話的偵查員耳朵貼著聽筒，大叫出聲。

他身旁的管理官語帶斥責地問：「怎麼了？」

偵查員以手心按住聽筒，向管理官報告：「剛才，署裡的服務台來了一個自稱戶川雄生的人……」

專案小組內的氣氛頓時為之一變。

「馬上去，留住他。絕對不能讓他逃了。」

管理官一聲令下，五名偵查員立刻行動。

他們爭先恐後地離開了專案小組。守在門口附近的記者追過去看發生了什麼事。

山吹說：「看來電視新聞和晚報的報導奏效了。」

青山說：「這次的案子之所以會顯得特別複雜，都要怪戶川雄生。非得向他好好問個清楚才行……」

百合根皺起眉頭。

「怎麼說？」

「就是吉備路找到的那三則訊息啊。信、SD和DVD。那是戶川雄生留的。」

「為什麼……？」

「我也不知道……。問他本人啊……？」

在旁聽著這一連串對話的關本說：

「當然要問。」

五名偵查員將戶川雄生帶回專案小組。他一臉想不開的神情。在投警之前，一定非常苦惱吧。

他確確實實就是百合根一行人在湯原圭太家見到的那位人物。

「唔，他好歹算是綁架的被害者，進偵訊室也不太好……」

「不……」青山說：「到了這個地步，他已經不是綁架的被害者，而是這場綁架鬧劇的共犯了。」

聽到青山這麼說，管理官略加思索，然後說：

「到偵訊室談吧。」

偵查員正要將戶川雄生帶進偵訊室的時候，戶川說：「對不起，驚動大家了。」

然後深深鞠躬。

青山對戶川說：「告訴我一件事。」

戶川抬起頭來看青山。和絕大多數人一樣，有一瞬間他也是對俊美的青山看呆了。

「什麼事……？」

「你為什麼要假冒湯原先生？」

「那是因為……」

他思索片刻。也許是在想要怎麼說才不會被問罪。

然而，最後他露出死心的表情，開始坦誠。一定是發現如今已沒有設辭脫罪的餘地吧。

「因為我以為我被湯原先生騙了。」

青山問：「被騙……？」

「是的。我只是想拋開目前的生活，找個地方躲起來而已。我不止一次向湯原先生吐露過這樣的心情。結果湯原先生說，他會綁架我，我只要躲起來就行了……」

戶川的公司使用了不得使用的漂白劑一事爆發後，他要面對這個問題，同時家庭內部也不幸福。

想必是重重壓力逼得他想逃離這樣的生活吧。

「你以為這麼做不會出問題？」青山問。

「那時候我是這麼覺得的。湯原先生畢竟當過警察，我想他對警方辦案一定很熟悉。」

「然後呢……？」

「湯原先生把計畫詳細告訴了我。他說，他總共計畫了四起綁架案。東京一起，箱根一起，大阪一起，最後是我……可是……」

說到這裡，戶川停頓下來，怯怯地看青山。

「可是，東京發生的不是綁架案，而是殺人案。湯原先生的計畫，應該是把寫有『桃太郎』文字和晴明紋的紙貼在被綁架的人身上。至少，我是這樣聽說的。然後，接著發生的案子也不是單純的綁架，而是綁架殺人案。我嚇壞了，所以問湯原先生事情到底怎麼樣了。湯原先生說，出了差錯。但是，他說他一定不會傷害我，叫我要相信他。」

「那時候，你沒有想到要報警嗎？」

戶川以哀傷的眼神看青山。

「那時候我一點也不在乎。老實說，我管不了別人的死活……。我一心想著要拋開現在的生活，找個地方靜靜活著就好。」

「後來，發生了第三起命案……。在此之前，你都照常上班，住在家裡？」

「是的。從大阪的那起命案發生的次週週二起，我就沒進公司，也沒回家了。」

「你都在哪裡？」

「躲在湯原先生家裡。我去湯原先生家第二天，也就是星期三，湯原先生就失蹤了，留了信給我。」

「信……？」

旁邊的偵查員以戴著手套的手舉起一個信封。

「就是這個，正要轉給鑑識。」

戶川投訴般說：「我突然驚覺，這樣下去，我會不會被當作三起命案的凶手……？湯原先生會不會是想把他自己的罪行全都嫁禍給我……」

「原來如此……」青山說：「你從湯原先生那裡聽說了詳細的計畫。也就是說，你知道綁架的被害者被發現之後，現場會有下一場綁架肉票的監禁地點的提示。你便利用這一點，讓我們跑了吉備津彥神社、楯築遺跡、備中國分寺三個地方。你誤導辦案是為了爭取時間，是嗎？」

「是的。我想警方一定會傾全力朝那個方向調查，我就能趁機躲起來……」

「所以，我才會覺得最後一起綁架案的訊息，它的性質和其他三起不同……」

青山這句話似乎是自言自語。他確實對此感到懷疑。

「我看了電視新聞和報紙的報導，才知道我並沒有殺人的嫌疑。」

「所以你才想到要來投案？」

「是的。」

這一點也證明了青山的判斷是正確的。如果電視、報紙沒有詳加報導，想必戶川現在也一定繼續在逃。

青山對拿著湯原的信的偵查員說：

「讓我看看內容。」

「要等鑑識完。」

「那恐怕是遺書吧？也許能找到湯原先生在哪裡的線索。」

關本對偵查員說：

「打開讓他看內容。」

戴著手套的偵查員小心翼翼地從信封裡取出信紙，展開來。青山低頭看。百合根和其他管理官也從青山身後探頭看。

我的原意是鬼向桃太郎報仇，無意殺人。現在我卻不止是鬼，而是個殺人鬼了。我要爲此負責。

信上只打了這一段話。看來一樣是用電腦打字列印的。

「可以了嗎？」

戴手套的偵查員向青山確認。青山不答，若有所思。偵查員一臉困惑地看著關本和百合根。

百合根代為回答。

「可以了。謝謝。」

戴手套的偵查員將信送去鑑識，其他幾名偵查員將戶川雄生帶往偵訊室。

他們想問的事情大致都問過了。接下來，便由偵查員問出詳情整理成文件，加以佐證。

「原來……」青山說：「向桃太郎報仇，就代表他自己是鬼了。」

百合根心想他在說什麼呢，對青山說：「湯原先生信中不就是這麼寫的嗎。」

「這可是重要的線索。」

「什麼的線索？」

「我知道他打算在哪裡尋死了。」

「咦……？」

「鬼自然要死在鬼的故鄉。」

「那是哪裡？」

「溫羅的城池，鬼之城啊！」

15

關本要所有在外搜尋的偵查員全體趕往鬼之城。

全體，百合根心想，會不會太冒失了？

如此信任青山不會有問題嗎？

然而，沒有傾盡全力的確不會收到效果。偵查員人數有限，集中運用也很重要。

關本的判斷不會有錯，百合根選擇相信。

「我也去。」青山說。

比別人更怕麻煩的青山會說這種話，真的很難得。百合根當然不可能有異議。

「大家一起去吧。」

赤城吃驚地說：「我也要去？」

「萬一遇到最糟糕的狀況，也許發現的會是屍體。」

遺憾的是，無法否定這個可能。

據戶川的說法，湯原失蹤已經一週了。

綁架的計畫變成殺人，不難理解他會不知所措。

山吹說，只要還在遲疑，就不會尋死。然而，誰也不知道他會不會一直遲疑下去。

赤城說，青山推測湯原還活著只不過是樂觀的預測。百合根也認為或許真是如此。

「我也去。」菊川說。

他對關本已經沒有無謂的顧忌了。關本對菊川的態度也已不同。

「那麼拜託了，偵查員多一個是一個。」

他們以縣警的小巴移動。

從岡山駛向總社市，途中取道往北。在阡陌田疇中，車子朝正面一座頗具高度的小山行進。

「我帶了簡介來。」

關本對青山說：

「鬼之城的城牆一周長達二點八公里。認真繞一圈，少說也要一個鐘頭。如果能給個方向，告訴我們要從哪裡著手會很有幫助……」

百合根心想，就算青山再厲害，這也太為難他了吧，他又不是算命的。

青山看著鬼之城的簡介。不久，他說：

「我們是不是會從西側進去？」

「是的。停車場和展示鬼之城相關資料的服務中心這些都在西側。我們會從那裡走人行步道，從西門旁邊進去。」

「雖然是機率的問題，不過我想如果湯原先生有個目標的話，應該是這裡。」

青山指著鬼之城地圖的某一點。是距離西門最遠的地方。那裡空無一物，沒有古代房舍等遺跡。

那裡的確是鬼之城的最深處，也是一個企圖自殺的人可能會選擇的地方。

但，青山會指出那個地點看來還另有依據。

百合根問：

「為什麼覺得會是那裡？」

「第一，那裡離入口最遠。然後，這裡是鬼之城的東北方。」

「原來如此……」山吹說：「東北，艮的方位，也就是鬼門是嗎？」

「對。」

青山點點頭。

「如果我是湯原先生，就會選那裡。我想或然率最高。」

關本毫不遲疑，立刻以無線電呼叫負責現場的強行犯係係長。

「要所有在鬼之城的偵查員全數趕往北門至斷屏石垣一帶，集中搜索鬼之城的東北角。」

然後又重複了一次這個指令。

「現場了解！朝北門至斷屏石垣一帶前進。」

小巴抵達了鬼之城的停車場。據青山手中的簡介，鬼之場是山城，建立在海拔四百公尺左右的山上。

全長二點八公里的城牆內側闢了一條步道。看似曾經有過建築物的奠基石遺跡集中在正中央的部分。

看來雖號稱為城，卻不是宏偉的建築。

果然和日本的城堡不同。說是城，其實只不過是指城牆，居民分散居住其中而已。

人行步道是相當陡的坡道。關本指著那裡說：「從這裡過去是山路，和登山幾乎沒兩樣。」

本來，青山應該是頭一個出言抱怨的人，但只有這次情況不同。他只想早點趕到那裡。

菊川對翠說：「小姐，妳這身打扮沒問題嗎……？」

翠穿著迷你裙和高跟鞋。

「沒問題，我哪裡都能去。」

所幸她的鞋跟沒有太高，也不算細。

一行人由關本打頭陣，開始爬坡。

走到人行步道盡頭，就可以看到西門在右手邊。

那是一座由後人復原的三層樓建築。看來具有瞭望台的功用。

關本由北側的步道走。

手上的無線電機不時傳出說話聲。現場的偵查員分成幾個小組，不斷互相聯繫。

經過角樓，走進城牆內部。從那裡到北門，是長達四百公尺的小路。

氣候微寒，但走著山路，百合根微微冒汗，也開始喘氣了。

翠沒誇口，以扎實的步伐穩穩前進。看來，無論走在什麼地方她都習慣穿高跟鞋。

修禪的山吹和潛心武術的黑崎臉不紅氣不喘，兩人的腳步都很穩健。

百合根心想，如果不是在這種狀況下，應該會怡然欣賞四周楓葉見紅的景致吧。

約十分鐘後，他們抵達了北門。

那裡有一個手持無線機的偵查員，看似正在指揮，百合根猜他應該就是強行犯係長。

他一看到關本，便立刻立正。

「如何？」

聽關本問起，手持無線電機的偵查員便俐落回答：「還沒有收到找到人的通知。」

百合根感到不安。

他不是不相信青山的推理。只是，推理不可能百分之百準確，還是會有失準的可能。

百合根悄聲對關本說：「要是青山猜錯了，怎麼辦？」

關本淡然地說：「就只是換個據點而已。我也贊成他的意見，這一帶的或然率最高。從機率最高的地方找起，如此而已。」

這句話強而有力。

百合根不禁感到慚愧。關本信賴青山。身為ST的係長，百合根應該比關本更信賴青山才對。

現在不是懷疑的時候，百合根這麼認為。萬一青山出了錯，加以支持和彌補才是百合根的工作。

正當汗涼了，感到寒意的時候，看似係長的那位偵查員和關本的無線電機同時接受到同一個聲音：

「發現目標、發現目標，已加以保護。重複，已保護目標。」

關本透過無線問：「是湯原圭太沒錯嗎？」

過了一會兒，回答來了。

「沒有錯。」

「還活著吧？」

「是，人沒事。」

關本呼地吐了一口大氣。

百合根也感到全身脫力。

「看樣子，輪不到我出場了。」赤城說。

雖然語帶諷刺，聲音卻是開朗的。

此時百合根聽到一個奇怪的聲音，回頭一看，接著說不出話來。

青山的淚水滾滾而下，像個孩子般抽噎。青山不顧旁人眼光大哭。那個樣子毫無戒心，彷彿完全不在意任何人的看法。

百合根不明白青山為什麼哭，卻覺得好像能明白他的心情。

一定是因為安心了吧。是對湯原還活著的安心，也是對自己總算盡了責任的安心。

百合根看著哭哭啼啼的青山，感到前所未有的信賴。

湯原看起來疲憊不堪。他滿臉鬍碴，眼睛發紅充血，像是好幾天沒睡。

警方沒有立即將他送回警署，而是先送去醫院。必須先檢查他的健康狀態。

據發現湯原的偵查員說，是他主動靠近的。他沒有選擇自殺，而是選擇被逮捕。

百合根認為這是明智的選擇。

發生了三起命案。可是，這是陰錯陽差發生的，並非湯原所計畫。湯原會以什麼樣的罪名遭到起訴，百合根猜想不到。必須看今後偵訊的結果，以及檢方的想法。

但是，百合根認為被設局誣陷而不得不離開警界的事實，應該十足有酌情量刑的餘地。

他也如此祈求。

專案小組已經開始著手製作各類文件。必須申請正式的逮捕令。待偵訊結束，就必須製作送檢的文件。

偵查員的工作並不是逮捕了嫌犯就結束了，還必須完成一連串繁瑣的工作，直到完成送檢的手續。

然而，偵查員他們的表情是開朗的。充滿了完成查緝追捕的充實感。

關本也是一臉恍惚，因為他終於從高度緊張中解放了。百合根也覺得心情上有點呆呆鈍鈍的。

「啊，無論如何，能夠避免最糟糕的狀況，真的太好了。」

關本對百合根說：

「請ST來果然是對的。名不虛傳，謝謝。」

赤城回答：

「都沒我的事就是了……。這次，幾乎是青山的個人秀。」

百合根壓低聲音對關本說：

「不知道田代部長和久米課長會怎麼樣？」

關本似乎不怎麼在意，回答道：

「這個嘛，應該不至於免職吧。縣警本部應該也不太想讓性騷疑雲、設局誣陷這種醜事鬧上檯面。」

「會不會有哪家報社走漏消息？」

「這就很微妙了。他們應該也很想跑出獨家新聞，但無論哪一家報社都不願得罪警方。只要不是對社會影響很大的瀆職之類的事情，應該是不至於走漏吧，我個人是這樣判斷的……」

「想挖八卦的週刊之類倒是有可能會來打探消息。畢竟這個開端導致了後來那三起命案是事實……」

「到時候再說吧……。太在意還沒發生的事也沒有用。」

百合根覺得，關本給人的印象和最初見到他時大不相同。原以為他是個凡事要按規矩來的高考組，但現在似乎柔軟許多。

關本說他隱約猜到這一連串案件的犯人可能是湯原，怕岡山縣警無法徹查，才請來了ST。

他這番企圖絕對不能被田代部長和久米課長發現。

關本之所以讓人覺得冷漠帶刺，也許是因為神經緊綳的關係。

現在他簡直就像換了一個人。

百合根說：「你也可能會受到處分吧？」

「是啊，不可能全身而退的。」

「但這次專案小組最大的功臣是你啊！」

「不，我利用了你們。本來，應該要由我獨自對抗田代部長和久米課長的。我必須為此付出代價。」

百合根總覺得無法看開，但關本的語氣則是輕鬆愉快極了。

「可能會降職，或是調動。遇到這種狀況，很多高考組都會辭去警職。不過，人生也不是只有擔任警官。」

百合根搖搖頭。

「就算萬一真的變成那樣，我想你也不是會辭去警職的人。」

關本盯著百合根片刻，然後，露齒一笑，說：

「要是降了職，當然就直接跑第一線了。這麼一來，也許還有機會和ST的各位一起合作。」

百合根點頭。

「請隨時開口。天涯海角，在所不辭。」

關本只是微笑。

16

明天就得回東京了。

最後一晚，關本又預約了「一扇」。上次與田代部長和久米課長同席，吃得食不知味。

百合根絕不是講究飲食的那種人。他是屬於寧願在居酒屋輕鬆愉快，也不願去高級餐廳正襟危坐的類型。

但，他畢竟不可能討厭可口的食物。

這次心情和上次截然不同，應該能好好享用餐點。

餐桌上已妝點了秋色。前菜的盛盤裝飾了小小的紅葉，擺上了做成栗子和柿子形狀的精巧小點。

才剛以啤酒乾了杯，關本的手機就響了。

關本為了接電話而離座。

在警察的聚會中，這種情形並不少見。一定會有人手機響起、離席。

總不會是監察室找人吧。

百合根很擔心。但仔細想想，查問會並不會挑在這種時間開會。

不久，關本回來宣布：

「湯原開始招供了，大致都和青山先生推測的一樣。他萬萬沒有想到會發生命案。他在『地下求職網』上以『要不要向桃太郎報仇』為標語，吸引人們的注意，與回覆的人聯絡，提議如果對誰心存怨恨，要不要一起施以懲戒。然後，從中選出適合的三人……」

百合根不禁問：「適合的三人……？」

「對。三個痛恨與危害岡山有關、且與陰陽五行的金有關聯的人物，或是與這些人有糾紛的人。也就是坪山年男、瀨川康彥、梶田勇這三個人。但是，這當中，選擇梶田勇是錯誤的源頭。梶田曾是幫派分子，個性比較衝動莽撞，不時與人發生衝突，在幫派裡也是因為屢屢不聽管訓而被逐出幫派。」

「人選並不是失敗的原因。」青山說。

百合根覺得好像很久沒聽到青山說話了。自從在鬼之城大哭，青山便出神了好一陣子。
關本問青山：
「那麼，你是說還有其他失敗的原因……？」
「對。因為計畫太複雜了。」
「太複雜……？」
「綁架了三個人，還要讓三起綁架案都有連續性，而且又要設計讓三個肉票本人成為訊息，這幾乎是不可能的任務。不如說，是因為第一起綁架變成了殺人，反而成全了整個計畫。」
百合根必須花點時間思考這番意見。
要同意青山所說的，畢竟需要時間。
山吹說：「有一點我實在想不通……」
百合根問：「哪一點？」
「湯原先生為什麼要找戶川先生來演出假綁架呢？這一點我實在不懂。」

百合根去看青山。

青山一邊拿筷子夾盛在細長盤子裡的前菜，一邊說：

「為了保險起見啊。」

「保險？」山吹說：「保什麼的險？」

「萬一自己出了什麼事，就沒有人能幫警方解謎了。他是這麼想的。」

「原來如此……」

「但是……」赤城說：「計畫殺害三人，自己再自殺。你本來是這樣推論的，但實際上他計畫的不是殺人，而是綁架。從這個觀點來看，你的推論是錯的。我看，在當初的計畫裡，湯原根本沒有自殺的意思吧？」

青山瞄了赤城一眼。

「是啊。綁架和殺人，意義整個都變了。他當初可能無意自殺，可是，事情到了一半，他的確就打算尋死了。」

「那麼，你說的保險就不成立了。」

「我說的是『萬一出了什麼事』，並不是死了。聽好了？比如說，湯原先生在計畫進行到一半的時候被捕，這也是可能的。他太清楚警方是什麼樣的地方了。要是落入警方手中，他被設局誣陷的事肯定三兩下就被抹消。湯原先生當然連這些都考慮到了，所以他需要共犯，而且是非常了解自己的用意的共犯。」

「也就是說……」山吹說：「一個對桃太郎傳說和陰陽五行理解透徹的人。」

「對。而且，那個人必須熟悉吉備國流傳下來的、視桃太郎為侵略者的版本。」

青山吃了一口前菜的鹽漬花枝，然後說：「再來就跟理智無關了，我想他就是想要一個同伴吧。他一定很不安。」

山吹睜大了眼睛。

「所以戶川是被利用了嗎？」

「我想，戶川對當初的計畫本來也樂在其中的，而且也夢想著逃離工作的難題和家庭的不和樂。他心裡產生了一種錯覺，以為可以像重玩一局遊戲一樣，開啟新的人生。人生明明是絕對無法重來的啊。」

下一道料理上桌了。

那個田代部長中意的女孩森本由美也在女侍當中。百合根心想，這樣細看的確很有魅力。

關本的手機又響了。

「不好意思，沒幾分鐘就要吵一次。」

說著，關本又離席了。

這就是搜查幹部的生活。如果離開了ST係長這個職位，升任更高的管理職，百合根也不得不過這種生活吧。

高考組的異動頻繁，自己遲早都必須離開ST。一這麼想，百合根便感到無比寂寞。

然而，這就是高考組的宿命。

關本帶著幾分激動的情緒回來了。

「縣警本部長下了處分，據說也已經和公安委員會商議過了。這可是破格的速度。」

百合根猜想，多半是害怕媒體的眼光吧。

拖拖拉拉的，會遭到痛批。

關本接著說：「田代部長和久米課長是降級處分。人事異動日後再行通知。」

對公務員而言，減俸處分，或是降級處分，是僅次於免職的嚴厲處分。對此，關本說：「想到他們造成的縣警本部內的醜聞引起了三起命案，這樣的處分一點也不過分。」

百合根也有同感。

就算懲戒免職也不足為奇。但是，上面不會祭出免職處分的，因為被處以減俸或降級處分的高考組，多半都會辭去警職。

平日趾高氣昂，對年齡足以當自己父親的非高考組頤指氣使，這樣的人一旦降給或降級，天曉得四周的人會如何報復。

而且，這樣的處分，就意味著已被嚴厲的競爭淘汰。

百合根問起他最擔心的事。

「那麼，關本先生呢……？」

「減俸三個月。這點懲戒是免不了的吧。」

他雖說得淡定，但顯然鬆了一口氣。百合根也放下懸著的一顆心。能夠這樣就解決真的太好了。

但是，受到處分的事實依然沒有改變。關本在高考組的競爭中勢必將會大幅落後吧。

然而，百合根相信，憑他的本事，遲早會趕上來的。也許將來會在警視廳或警察廳並肩工作呢。

他也很期待那一刻的來臨。

菜一道道送上來。感覺確實比前幾天美味多了。

ST的成員們看來也吃得很開心。

菊川坐在翠的旁邊。

說到這，百合根覺得最近菊川常常待在翠身邊。純粹是巧合嗎？或者，是哪一方刻意的？

這麼一想，百合根的心跳便莫名加快。

翠朝向百合根看去。

糟了！心跳的變化一定是被她發現了。一這麼想，心就跳得更快。

「幹嘛啊，頭兒？」翠說：「現在才突然對我心動？」

她似乎相當醉了。

「也許吧。」

「別傻了。」赤城說：「憑妳，頭兒還看不上眼呢。」

「哎喲，城城，怎麼可以這麼說呢！」

「不要這樣叫我！」

菊川皺起眉頭聽著這段對話。但百合根知道，其實他並沒有外表看起來這麼不高興。

關本對這樣的菊川說：「請讓我再次致歉。對不起，先前對你的態度太失禮了。」

菊川立刻端正跪坐。

「哪裡，不敢當。」

「請不要這麼嚴肅。今後，也許還會在哪裡見面，到時候還請多多指教。」

「我才要請您多多指教。」

接著，上了甜點，結束了這一餐。即使如此，百合根仍感到依依不捨，喝著茶和關本聊天。

百合根心想，這次的案件委實奇妙。

讓他對從小便耳熟能詳的桃太郎傳說完全改觀。

從百濟輾轉逃到日本的溫羅，決定以吉備國為終老之地。他將煉鐵技術傳授給當地的人們，而煉鐵技術也造福了民眾。

此時，從中央來的侵略者突然來襲。那就是吉備津彥，也就是桃太郎。吉備津彥破壞了溫羅平穩的生活，殺死了他。百合根對溫羅的遺憾和不甘深感同情。

搞不好，這次青山也是感應了溫羅的遺憾與不甘。百合根這麼覺得。

尋思於此，卻只聽青山突然說：

「我說，我們回去了啦！」

娛樂系 035

ST警視廳科學特搜班：桃太郎傳說殺人檔案

作者 今野敏
譯者 劉姿君
責任編輯 小調編集
美術設計 POULENC
書衣裡插畫 chocolate
編輯行政 高嫻霖

發行人 林依俐
出版 青空文化有限公司
100台北市中正區忠孝西路一段50號
22樓之14
讀者服務信箱：service@sky-highpress.com

總經銷 大和書報圖書股份有限公司
電話 02-8990-2588
印刷 前進彩藝有限公司

出版日期 2019年3月 初版一刷
定價 280元
ISBN 978-986-96051-8-2

國家圖書館出版品預行編目（CIP）資料

ST警視廳科學特搜班：桃太郎傳說殺人檔案 / 今野敏著；
劉姿君譯 . -- 初版 . -- 臺北市：青空文化，2019.3
288面；　10.5 x 14.8 公分 . --（娛樂系；35）
譯自：ST警視庁科学特捜班 ：桃太郎伝説殺人ファイル
ISBN 978-986-96051-8-2(平裝)
861.57　　108001992